茧微光米

金瑞芳　著

海峡出版发行集团 | 海峡文艺出版社
THE STRAITS PUBLISHING & DISTRI BUTING GROUP | Haixia Literature & Art Publishing House

图书在版编目(CIP)数据

微米萤光/金瑞芳著.--福州:海峡文艺出版社,
2020.9(2024.3重印)
ISBN 978-7-5550-2286-2

Ⅰ.①微… Ⅱ.①金… Ⅲ.①散文集－中国
－当代 Ⅳ.①I267

中国版本图书馆 CIP 数据核字(2020)第 127553 号

微米萤光

金瑞芳 著

出 版 人 林 滨
责 任 编 辑 李永远
出 版 发 行 海峡文艺出版社
经 销 福建新华发行(集团)有限责任公司
社 址 福州市东水路 76 号 14 层
发 行 部 0591－87536797
印 刷 三河市兴博印务有限公司
厂 址 河北省廊坊市三河市杨庄镇大窝头村西
开 本 787 毫米×1092 毫米 1/16
字 数 220 千字
印 张 17.5
版 次 2020 年 9 月第 1 版
印 次 2024 年 3 月第 2 次印刷
书 号 ISBN 978-7-5550-2286-2
定 价 88.00 元

序

吴邦才

《微米萤光》的作者金瑞芳同志与我三十年前就认识了。20 世纪 80 年代中期,我到武夷山工作,老金当时担任崇安县教育局局长。撤县建市后,老金转任武夷山市教育局局长,有人戏称他们这批局长是"县尾市头":崇安县末尾局长,武夷山市开头局长。后来,我调任当时的南平地区教育局局长,虽与老金分开不在一地,但却同在一条战线,工作上的联系反倒更多了。再后来,老金到龄退休,我也变动了工作岗位,彼此间的联系便少了。时隔二十年,当我们在武夷山重逢时,老金除了额头上增添些许皱纹外,仍然是那样清瘦、黝黑,精神矍铄。我问他退休后都干些什么,他的回答只有三个字:"玩古董。"这出乎我的意料。我所熟悉的老同志,退休以后,一般都去担任一些社团工作,或者去当"孙经理"——为照料孙辈而忙碌。老金长期从事教育工作,当了十几年教书匠,又当了近二十年教育行政干部,是一位资深的教育工作者。照常理,老金退休后应当不离老本行,继续在教育方面发挥余热。然而,老金却换了频道,跨入他原本陌生的收藏界,不仅"孜孜不倦、乐此不疲",还弄出了名堂来,并秉持"不求财富,只求精神;不求珍宝,只求文化"的宗旨,成为收藏界的佼佼者,被推举为武夷山市收藏家协会终生名誉会长。当然,有一点还在我的意料之中,那就是毕业于福建师范学院中文系的老金,退休之后,少不了会勤于笔耕,写点东西。果不其然,2019 年金秋,在这收获的时节里,老金完成了《微米萤光》文集,实为可喜可贺。

老金的这本《微米萤光》,收录了他退休后历年来在各种报刊发表过的文章。古语云:文如其人。这本文集中的文章有一个共同的特点,一如老金的为人——朴实。老金是教语文出身的,对于遣词造句、文章作法之类自然了解。然而,收录在《微米萤光》里的文章却毫无矫揉造作的影子。这一篇篇文章,老金都是有感而发,用心抒写。正如他的自白:"基于感恩,提笔书写,以寄心声。"他感恩时代,深情地歌颂党、歌颂祖国、歌颂人民;他感怀武夷,忘情地赞美山水、赞美物华、赞美地灵人杰;他感悟收藏,钟情于品赏铜镜、品赏壶盏、品赏文房四宝;他感念故乡,动情于追思父训、追思母爱、追思童年的乡愁。文章中每一行、每一句流淌的都是真情,显露的都是心声。

《微米萤光》中有几篇是老金叙述自己人生故事的。从苦难的童年生活到艰辛的求学之路,从曲折的奋斗历程到幸福的晚年生活,这些真实的故事,展示的是艰中有幸的人生,诠释的是真理——"幸福都是奋斗出来的"。老金的人生之路既是他同时代人生命历程的一个缩影,也折射出我们伟大的祖国自近代以来冲破艰难险阻走向繁荣复兴的辉煌历程。历史是由人民书写的,历史不能忘记。国有国史、家有家史,每个人也有自己的历史。作为共和国的一分子,个人的命运是与共和国的命运紧密相连的,个人的历史也必然融入共和国的历史中。从这个意义上说,老金的《微米萤光》的出版具有重要意义。

《微米萤光》出版前,老金将书稿送到我这里,让我先睹为快,令我感到高兴。不过,老金嘱我写个序,却使我犯难。我退休后虽也写点东西,但只是些研究性文章,不善作序之道。然而,面对老金这样一位八十多岁高龄的老同事之托,又是这样一本令人拍案叫绝的文集,我是无论如何不能推却的,于是,便拉拉杂杂地写了前面这些,权且为序。

前言

佛家有语:"三生有幸。"即指前生、今生与来生,三世幸运。我辈凡夫,何德何能,岂敢奢望!然而,我今生有幸,一生三幸:一幸,我这看牛娃,成了一名大学生,原本连草鞋都穿不上的穷小子,竟然穿上了皮鞋,岂能不说是有幸?二幸,我亲眼见到了中华人民共和国的诞生,目睹了祖国从站起来、富起来到强起来艰辛而辉煌的历程,我能生长在这辉煌的时代,生活在这伟大的国度,怎能不感到无比的幸福与自豪?三幸,苍天佑我,假我以年,耄耋之年的我,还让我赶上了新时代,享受新生活,我的获得感、幸福感难以言表,感恩之心油然而生,感谢共产党,感谢新时代,感戴生我养我的父母,感念一路育我的母校——寿宁一中、霞浦一中、福建师范大学,感激此生岁月!

生逢其时,何其有幸的我,在赋闲之后,亦不知何因,神不知鬼不觉地步入盛世收藏之列。20 多年来,乐此不疲,乐以忘忧。我之收藏,乃老来寻乐:不求财富,只求精神;不觅珍宝,只寻文化。只要有文化底蕴的,我就尽力收而藏之,读而研之,品而赏之,兴之所至,提笔写点心得体悟,公诸同好,切磋共享,个人亦得片刻清娱!

尤其值得一说的是,祖国养育了我,武夷山的好山好水涵养了我,让垂暮之年的我,得以修身养性,颐养天年。基于感恩,提笔抒写,以寄心声,文笔虽拙,情感乃真。执笔过程,可谓竭尽心智,选题立意,谋策布局,煮句炼字,字斟句酌,一字一句,不敢苟且!不会用键盘打字,只靠一笔笔书写,落伍者,艰辛可知!

本书的编排顺序:一是时代之歌;二是武夷之页;三是古玩之篇;

四是晚岁之境。这些文字，全是暮年之作，记录了一位老人的晚岁光阴。读者可瞧见一位与盛世同行的老人，如何以一颗感恩的心看世界，一颗从容之心度时光！至于书名，斟酌再三，缘以笔者乃为一介寒儒，人生刻度实乃微米，小小萤虫，只能发出微弱之光，故取也！

"文章千古事，得失寸心知。"多数书写者，都会感到写文章之不易，得以发表亦难，赢得广大读者认可更是难上加难。我想，倘以读者分，文章似乎可分三种：自己读，他人读，后人读。自己读的，只是自己玩耍、自娱自乐，算不算文章值得一问。他人读的，文章得以发表，供他人阅读品赏，佳者，赢得广大读者认可且流行一时，但热闹一阵之后，随着岁月的流淌，该书也就消逝，这只能说是一时之书。但还有一种文章，今人读，后人也读，不管岁月如何流逝，都永远有人读，此乃经典，不朽之作，万古长存，如唐诗宋词，四大名著……

鄙人此册子，当属自娱自乐之作，倘若偶遇读者，也只能是一些收藏爱好者以及少数有点文化癖好的中老年人，当然，个别年轻文化爱好者也在其中，且供他们茶余饭后，随意翻翻，消遣之中，聊博一笑尔！

文如其人，人微言轻，作者的身份，也就决定了文章的身价，自以为此册子也就没有什么含金量可言。然而，有一点还是足以令人欣慰的：册子里介绍了一些古物，可属古董、文物，这些老物件，是人类文明的物证，优秀传统文化的遗存，它们见证了岁月、记录了历史，蕴含着深厚的历史和文化内涵，其价值是不言而喻的。

倘若说一个人的一生要给这个世界留下一点什么，我想，鲐背之年的我，能留下的就是收集和保存的这点历史文化遗存吧！而以收藏家而言，真乃微乎其微，然而于我还是聊胜于无吧；杖朝之年的我，以出世的精神，做点入世的事，算是给自己的谢世一点自我安慰吧！

　　杨绛先生生前翻译的英国诗人沃尔特·兰德暮年所写《生与死》的小诗,成了我晚年唯一的禅语:"我和谁都不争,和谁争我都不屑;我爱大自然,其次就是艺术;我双手烤着生命之火取暖;火萎了,我也准备走了。"

　　此,心路尔!

目　录

古玩之篇

晚岁之境

附录

时代之歌

真理的赞歌

《没有共产党就没有新中国》，这是一首亿万人民心中的歌，一首伟大母亲的颂歌，一首真理的赞歌。

这是歌声，是民心，是人民的心声。歌声从亿万人民的心中发出，似雷声，震撼了中华大地，震荡着五湖四海！

中国人民过去唱着这首歌，从黑暗走向光明；中国人民今天唱着这首歌，从贫穷走向富强。

这首歌，告诉人们一个伟大的真理——没有共产党就没有中华人民共和国。走共产党领导下的社会主义道路是中国人民选择的道路。这是被历史所决定，被实践所证明，被人民所共识的一条颠扑不破的真理。

中国人民为了寻求这条真理，历尽了千难万险，成千上万中华民族的优秀儿女为探求这条真理前仆后继，抛头颅、洒热血，舍生忘死，付出了巨大的代价，做出了卓绝的牺牲，先辈们走过多么漫长而曲折的道路，历经了多少艰辛的历程。

让我们翻开中国近代史，看看这是一部什么样的历史：

1840 年，鸦片战争炮声一响，中国从此开始沦为半殖民地半封建社会。中国人民的脖子上套上了帝国主义和封建主义的两条枷锁。帝国主义为了吞噬中国这只未醒的"东方睡狮"，首先用毒汁灌入它的身躯，然后用大炮对准它的胸膛！

帝国主义列强把中国视为一块特殊的肥肉，你争我夺，任意宰割与瓜分，侵略者强迫腐败的清王朝签订了各种不平等条约和协定。

请看：

1842 年——中英《南京条约》

1844 年——中美《望厦条约》

1844 年——中法《黄埔条约》

1858 年——中俄《瑷珲条约》

1895 年——中日《马关条约》

1901 年——《辛丑条约》

从鸦片战争以来，几乎所有主要的帝国主义国家都侵略过中国，且大多以清政府签订丧权辱国的条约而告终。这些不平等条约，使中国丧失了主权的完整性，沦为帝国主义的半殖民地。

天宇昏昏，大地沉沉。山河破碎，民不聊生。中华大地，弹痕累累，千疮百孔，到处残垣断壁，一片废墟！

三座大山，如磐石般地压在中国人民头上，那时的中国，国将不国，民将不民。中国人被称为"东亚病夫"，租界的公园竟挂着"华人与狗不得入内"的牌子。"长夜难明赤县天"，旧中国沉浸在黑暗之中。

四万万人民齐下泪，天涯何处是神州？

近百年的中国历史，就是这样一部落后的历史，被欺凌的历史，一部屈辱的历史。

神州大地，难道永远沉沦吗？不！从鸦片战争到五星红旗在天安门升起的一百零九年间，中国人民从未停止过反侵略反压迫的斗争！许许多多的仁人志士和广大群众挺起腰杆，奋起反抗。为抵御外侮，捍卫中华，拯救民族，他们进行了艰苦卓绝的斗争。

伟大的爱国者林则徐，为了抵抗西方资本主义侵略，谋求国家的独立富强，毅然举起反侵略斗争的旗帜。

虎门销烟的火光燃红了中国大地，林则徐成为举起反侵略斗争旗帜的第一人，成为近代中国的一位伟大的爱国者。

三元里人民的抗英斗争，是近代中国人民自发的反抗外国侵略者的英勇斗争，它长了中国人民的志气，灭了外国侵略者的威风，在中国近代史上写下了光辉的一页。

康有为、梁启超和谭嗣同等资产阶级改良派的代表进行"戊戌变法"，从开始到失败，前后 103 天，史称"百日维新"。

"戊戌变法"是中国资产阶级走上政治舞台的第一次尝试，资产阶级改良派希望通过变法改革现状，挽救民族危亡，使中国走上资本主义道路。

"戊戌变法"的失败充分说明，改良主义在近代中国是行不通的，是没有出路的。

1899 年，在华北大地上掀起了一场轰轰烈烈的"义和团"反帝爱国运动。"义和团，起山东，不到三月遍地红。"

"义和团"是我国近代史上一次伟大的反帝爱国运动，它打破帝国主义妄想瓜分中国的痴梦。

1911 年，中华大地，"火山"爆发了！

伟大的革命先行者孙中山领导了"辛亥革命"。

号角一声惊睡梦，
英雄四起挽沉沦。

两千多年的封建王朝寿终正寝了！

孙中山提出"驱除鞑虏,恢复中华,创立民国,平均地权"的政治纲领,提出"民族主义、民权主义、民生主义"的"三民主义",中国第一个资产阶级革命政党出世了。

辛亥革命后,凡是妄想当皇帝的都是短命的,皇帝统治中国的历史永远结束了,这是辛亥革命的功劳。辛亥革命成功了,它结束了封建帝制;辛亥革命失败了,皇帝跑了,来了封建军阀。窃取了革命果实的袁世凯,做了八十三天的皇帝,倒台了。可是一个军阀倒了,换上来的是另一个封建军阀。"三座大山"照样压在中国人民头上,中国人民依然生活在贫穷、落后、分裂、动荡、混乱的苦难深渊之中。

这些深刻的历史事实充分说明,近代的农民阶级、地主阶级以及民族资产阶级都无法承担起挽救中国,振兴民族的历史重任。

中国就真的没有希望吗？不！中华民族,历尽劫难而不死,屡遭侵略而未亡！

鸦片战争后,历经了七十七年的漫长岁月,茫茫黑夜！

1917年,十月革命的炮声响了,为"长夜难明"的中国带来了曙光。

1919年,五四运动爆发了。"外争主权,内惩国贼"的口号响彻云霄。五四运动是一次彻底、不妥协的反帝反封建的革命运动,中国无产阶级以战斗的姿态登上政治舞台,表现出伟大的力量。五四运动,标志着中国新民主主义革命的开始。

中华民族的优秀儿女,中国共产主义的先驱者李大钊、陈独秀、毛泽东、董必武、周恩来、邓小平……他们高擎旗帜,点燃火把,大江南北,孕育惊雷。

1921年7月23日,一阵"春雷",响彻云霄！

中国共产党在上海和嘉兴举行第一次全国代表大会,中国共产党诞生了。

这是开天辟地的大事。

啊!南湖红船,成了历史的灯塔。

中国人,终于找到了真理。

历史永远不会忘记这庄严的时刻,它标志着中国无产阶级革命进入了崭新的历史阶段,翻开了新的篇章。

"星星之火,可以燎原。"共产主义的火光已点燃,熊熊烈火,燃遍中华大地。

中国共产党领导全国各族人民历尽千辛万苦,进行了不屈不挠、艰苦卓绝的斗争,历经了土地革命战争、抗日战争、解放战争,终于推翻了压在中国人民头上的"三座大山"。

没有共产党,就没有新中国。

这就是真理。

(此文获 1996 年武夷山市征文比赛二等奖)

国之歌·中华韵·民族魂

在中国人民隆重纪念抗日战争暨世界反法西斯战争胜利 75 周年的庄严时刻,中华人民共和国国歌响彻霄汉,震撼神州大地,震撼五湖四海!

起来!

不愿做奴隶的人们!

把我们的血肉,筑成我们新的长城!

中华民族到了最危险的时候,

每个人被迫着发出最后的吼声。

起来!

起来!

起来!

我们万众一心,冒着敌人的炮火前进!

冒着敌人的炮火前进!

前进!

前进!进!

这首雄浑激昂的抗战歌曲,诞生于 1935 年,由田汉作词,聂耳作曲,名为《义勇军进行曲》,是影片《风云儿女》的主题曲。影片反映了爱国知识分子将个人命运与国家命运紧密结合,走出书斋、同仇敌忾奔赴抗日战场的故事。义勇军是"九·一八"事变后,活跃在东北和华北北部的抗日武装。主题曲通过展示义勇军的英雄形象,表现了中国人民英勇抵抗侵略,挽救国家危亡,以血肉之躯筑成"新的长城"的抗日精神。影片于 1935 年 5 月上映,歌曲旋即在长城内外、大江南北传唱开来,成了最具代表性的抗战歌曲。

中华人民共和国成立前夕,中国人民政治协商会议第一届全体会议经认真遴选,慎重审核,决定将《义勇军进行曲》定为代国歌。

1949 年 10 月 1 日,隆重的开国大典上,伴随五星红旗冉冉升起,《义勇军进行曲》在天安门广场响起。

国歌是国家的象征,体现一个国家的尊严,代表了一个国家的民族气质和精神面貌。《义勇军进行曲》是在中华民族面临生死存亡的背景下诞生的。歌曲表达了抗日救亡时代的万众心声,表现了中华民族勇往直前、不屈不挠的团结战斗精神。这首歌最符合中国人心,最具有时代性、现实性及历史性。

"文革"期间,词作者田汉遭到迫害,其写的歌词被停唱,只演奏国歌的曲谱。

时至 1978 年,有人提出国家进入新的历史时期,以国歌已不能反映现实为由,提出重写国歌歌词。1982 年 12 月,在第五届全国人民代表大会第五次会议上,人大代表们一致认为原国歌歌词不能更改,不可替代,并撤销新词,恢复由田汉作词、聂耳作曲的《义勇军进行曲》为中华人民共和国国歌的地位。

2004 年 3 月,第十届全国人民代表大会第二次会议通过宪法修正案,将国歌写进宪法。宪法规定,中华人民共和国国歌为《义勇军进行曲》。

《义勇军进行曲》,无论是思想深度还是艺术高度都趋于完美,堪称经典,是为高峰,登峰造极,无出其右。

这首歌曲最具有时代性、战斗性、代表性;这首歌曲最富有吸引力、感染力、号召力;这首歌曲最能感染人、震撼人、鼓舞人。

这首歌曲,是词曲作者在民族生死存亡的危难时刻呕心沥血之作,作品紧扣国人心弦,深深打动人心,作品所产生的伟大精神力量,已化成中华儿女的血液,如长江、黄河,滚滚洪流,奔腾不息,世代流淌。

过去,中华儿女齐心歌唱这首歌,万众一心,同仇敌忾,戮力同心,以血肉之躯筑成"新的长城",抵御了日本法西斯惨绝人寰的侵略,奏响了气壮山河的英雄凯歌,赢得了中华民族近代史上反抗帝国主义侵略的胜利。

今天,14 亿中华儿女为中华民族伟大复兴的中国梦,精诚团结、革故鼎新,扬起时代的风帆,乘风破浪、引吭高歌,共筑中国梦。

未来,中华儿女永远不忘过去,铭记历史,居安思危,沧海桑田,多难兴邦,爱好和平却顽强不屈的中国人民,世世代代传唱这首歌。这首歌所传递的不朽精神是中华民族生存的支柱,前进的脊梁。国之歌,中华韵,民族魂,歌魂传千载,江河万古流!

闪光的日记

连德仁同志是闻名一方的贤达人士,亦可说是寿邑新时代之乡贤。他既从政,又为文,几十年来,笔耕不辍,成绩斐然,已出专著十余部。

连德仁有一个好习惯,那就是常年坚持记日记。自 1968 年 9 月起至今,历时 50 余年,锲而不舍、从未间断,整理成《日知录》,总计 81 本 21662 多页,达 600 多万字。这是他历时半个世纪的寒暑春秋写下的。

这是他的生活日记,也是工作日记,亦可说是扶贫日记。连德仁同志历任公社党委书记、常务副县长、县委副书记,主要分管"三农"工作。"三农"者,农业、农村、农民也,"农业是安天下的战略产业",关注农业,关乎农村,关心农民,成为连德仁同志从政岁月里的主要工作。于此,他写了一部《三农絮语》专著。

闽东是全国 18 个集中连片贫困地区之一,而寿宁县是闽东最贫瘠的县,寿宁县的下党乡,当时是寿宁典型的"无公路、无自来水、无电灯照明、无财政收入、无政府办公场所"的"五无"乡。

连德仁同志的日记,以精确的时日、凝练的文字记录了他三番五次陪同各级领导抵达下党乡,深入考察、了解实情、现场办公、切实解决摆脱贫困问题等情况!

"摆脱贫困",是人类发展史上的难题。如今的中国,在共产党的领导下,全国各族人民凝心聚力,攻坚克难,破解人类发展史的世界难题,中国人民将创造世界人类发展史上亘古未有的奇迹,它将成为永远的中国故事，载入世界史的史册。

下党乡，如今成了全国脱贫的典范，下党乡的嬗变，闻名全国，曾经极度贫困之乡成为美丽富饶之乡，慕名参观旅游者，纷至沓来，络绎不绝。

下党乡成了全国消灭贫困的策源地，摆脱贫困梦、宁德梦、中国梦、世界梦，下党起梦！2020年，中国圆梦。

连德仁同志是圆梦的亲历者，也是岁月的记录者，他的日记，是真实的原始记录，唯真唯实，记录了历史，见证了那段特殊的岁月！

人们伫立在各级领导办过公的下党鸾峰桥上，涌上心头的是：

百世王朝今胜昔，喜见新朝鼎盛时。

神州迈入新时代，赤县从此无穷人。

说到日记，现实生活中，写日记者不少，但像连德仁同志那样近五十年如一日，始终如一，持之以恒，从不间断，一以贯之者就不多了。

日记，是私人性的记录，正因如此，记录者，无须顾忌，只要当天个人亲历，并有所感，即予记下，有景有情，有感有悟，虽寥寥数语，有时却以神来之笔，记录了历史的闪光点，连德仁的日记，亦如此。

一摞摞日记，倾尽毕生心血，记录了历史，记录了人生，个人走过的路，看过的风景，做过的事，见过的人，读过的书，一桩桩、一件件，点点滴滴，真真切切！

卷卷日记，都是岁月的见证者，成了个人生命历程的一次次深情回望，曾经的岁月、曾经的抱负、曾经的情怀、曾经的欢乐、曾经的际遇、曾经的坎坷、曾经的痛楚，日记，一一体现。

本本日记，一页页、一句句，饱含了斑斓的岁月，反映了历史的真，呈现了人生的美。如烟的往事，与岁月同步，与时代共振，它激荡着祖国改革开放的涟漪和浪花。

面对连德仁同志一生的"勤""恒""绩"，不能不令人为之惊叹，为之纫佩！

这位饱学之人，贤达之士，必将以一生的坚持，"笼天地于形内、挫万物于笔端"，日复一日，年复一年，生命不息，抒写不止！

连德仁同志将珍贵日记赠予厦门大学图书馆

厦门大学原副校长、知名教授郑学檬先生获悉连德仁同志的日记之后，慧眼识珠，郑重地向厦门大学图书馆举荐，厦门大学图书馆审读之后，认为日记不同凡响，无出其右，日记时间跨度之长，卷帙之浩瀚，内涵底蕴之丰厚，实为罕见，于是决定破例给予收藏！连德仁同志再三权衡，虽说日记是自己花半个世纪呕心沥血、披肝沥胆写下的，像自己的宝贝女儿，但女儿能得到如此好归宿，真乃天赐良缘，也就毅然让她"出嫁"了!

如今,历时五十载,81 本 600 多万字的日记在厦门大学图书馆里闪烁着她的特殊之光!

厦门大学为连德仁同志颁发捐赠证书以示感谢

丝路畅想

大漠孤烟，羌笛悠扬，马蹄声碎，驼铃叮当，一条古丝绸之路，昔日繁华之音在历史天空阵阵回响，给世人无尽的遐想。

2100多年前，有位叫张骞的汉朝使者，怀揣使命，肩负荣光，毅然前往西域，在云海缥缈的广袤旷野上披星戴月，披荆斩棘，跋涉前行。他率先走，领着一班人走，带着沿途各族人民一起走，一直朝前走，走向中亚、西亚，走向欧洲，走向大千世界，走出一条震古烁今的不朽之路，后人称之为"丝绸之路"。

"驰命走驿，不绝于时月；商胡贩客，日款于塞下。"这就是张骞打通的古代丝绸之路上，使者、商队、行人，熙来攘往、络绎不绝的繁荣景象。通过这条路，中国的丝绸、茶叶、瓷器、漆器等货品源源不断输送到西域；西方的珠宝、金银器及各种动植物传入中国，如胡麻、葡萄、石榴、芝麻、大蒜等。尤其是一些西方有识之士，他们对华夏文明充满向往与梦想，千里迢迢，不远万里来到中国，将我国的一些先进技术传到西方，将西方丰富多彩的异域文化传到华夏神州。

古丝绸之路是一条商贸之路，也是一条文化交流之路，更是一条各国、各族人民友好交往之路。它是一条由中国人民率先走出的深邃厚重的文明之路，因而成了一条各国人民心中的神圣之路。

张骞，这位极具神话般传奇色彩却又真实的历史骑士，他一路风尘，筚路蓝缕从地球偏僻的一隅走向海角天涯的另一隅，整整度过了13年的岁月，以自身的传奇去创造华夏民族的世界奇迹，在这历史奇迹的穿越中，见证了一个民族2000多年前走向世界的征程，彰显了华夏民族的品格与精神。

当我们遥想当年张骞矢志不渝地在一望无际的荒原上长风万里行的情景时，我的耳际旋即响起古今名人关于路的哲语。古之圣人老子的"千里之行，始于足下"，荀子的"不积跬步，无以至千里"；今之伟人毛泽东认为"万里之程，一步所积；千尺之帛，一丝所织。差一步不能谓之万里，差一丝不能谓之千尺"，文豪鲁迅的"地上本没有路，走的人多了，也便成了路……什么是路？就是从没路的地方践踏出来的，从只有荆棘的地方开辟出来的"，大家阎肃的"敢问路在何方？路在脚下"，诗人汪国真的"没有比脚更长的路，没有比人更高的山""既然选择了远方，便只顾风雨兼程"……这些智者之语，正是张骞以双脚丈量世界，踏出了一条人类文明之路的最好诠释。

历经 2000 多年风雨，这条路，延绵不绝，生生不息，华夏民族不老，丝路就不老，世界也就不老。

诚然，千年丝路，曾熙攘繁华，也曾冷寂荒驰，但它永远与华夏民族休戚与共，生死相依。华夏民族，有过多次辉煌，却也曾暗淡，衰败，再到如今的复兴与崛起。

中国站在新的历史起点上，放眼全球，准确地把握时代的脉搏，高瞻远瞩，高屋建瓴地提出"一带一路"的倡议。这倡议的提出，是智慧，是眼光，也是胸怀。

伟大的构想，重大的倡议，同声相应，应者云集，仅短短一年多时间，一系列务实合作项目已开展，一系列早期成果已显现。丝路基金与亚投行，如鲲鹏之双翼，即将腾空飞起，展翅翱翔。

古老的传奇，新兴的战略，一北一南，一带一路，遥相呼应，珠联璧合，交相辉映。

　　"一带一路"倡议乃全球视野,立足亚洲,面向世界,造福亚洲,惠及世界。

　　回望历史,千百年来,丝绸之路,能够延绵不绝,生生不息,是因为这条路是沿线各国人民共同走出来的,是因为沿线各国始终秉持"和平合作,开放包容,互学互鉴,互利共赢"的丝路精神。

　　展望未来,一条和谐包容、互尊互信、开放合作、承前启后、继往开来的新的丝绸之路定将四通八达,汇贯寰宇。

　　然而,大凡是路,都会有宽窄,都会有曲折,都会有坑洼,有坎坷,有泥泞,有崎岖,这是常理,不可能都是坦途。但是,不管征程多么曲折,道路多么漫长,只要各国增进理解,凝聚共识,休戚与共,和衷共济,勠力同心,胜利总是属于那些永不放弃、百折不挠、携手共进的人们。

　　如今波澜壮阔的"一带一路"建设,可谓方兴未艾,如火如荼,杭州峰会,"杭州共识"引领世界经济新航程。钱塘潮起,奔涌向前。

　　古之临安,丝路之起点,"东南形胜,三吴都会,钱塘自古繁华";今之杭州,世人眼里,已成"天堂硅谷",不仅是人间天堂,亦是世间的创业园。

　　煌煌世界,朗朗乾坤。

　　瞭望今日神州赤县,遍树红旗,万象更新,改革浪潮,波涛汹涌,浩荡向前。我心驰神往,心潮澎湃,心旷神怡,闪现脑海的诗句:

　　　丝绸之路几万里,华夏文明五千年。

　　　海纳百川流不息,今朝丝路更空前。

世界无穷愿无尽，海天寥廓立多时。

江山代有才人出，不废江河万古流。

徐荣/摄

（本文获《万里茶道》征文比赛优秀奖，
原载于《武夷山》2015 年第 12 期）

百 字 令

回望五年，

是谁令神州起舞翩跹？

深孚众望党核心，

不忘初心圆梦。

举旗定向，

布局绘图，

历史担负肩。

亿兆同心，

勠力克难攻坚。

今朝举国上下，

迎十九大，

续历史新篇。

沧海横流须勇进；

崛起路上多艰。

挺立潮头，

砥柱中流，

何惧巨浪颠！

今日中国，

人人撸袖挥鞭。

纪念抗战胜利七十五周年

卢沟桥

卢沟桥畔剑光寒，

豺狼张口嗜血馋。

同仇敌忾连天起，

鏖战多年终凯旋。

南京大屠杀

倭寇癫狂罪恶滔，

人人手握杀人刀。

卅万头颅齐落地，

秦淮河里血浪涛。

抒怀

二战魔头魄归处，

有人哭拜在扬幡。

借尸还魂温旧梦，

虎视眈眈我海疆。

雄狮已醒威凛凛，

怒慑熊罴镇扶桑。

抗疫英雄颂

英雄的国家，英雄的人民，家国有难，闻令而动，白衣执甲，逆行出征！全国各地，340多支精锐，4万多神兵，驰援武汉，驱疫镇魔，人人当先锋，个个是英雄，颂不胜颂！三院士，二度出征，英雄中的英雄。更有在抗疫中为国献身的烈士，永垂不朽！

悼抗疫英烈

神州降旗悼英烈，

赤子低首尽默哀。

英雄事迹彪炳册，

撼天动地震天坛。

护国济民平生志，

我将无我献吾身。

山河无恙我笑去，

天界门开迎客来。

沁园春·献钟南山院士

2020年，庚子初春，疫染神州。

年逾八秩，为驱疫魔，二度受命，挂帅出征。

生命卫士，飒爽英姿，敢与恶魔较高低！

我临此，问荆楚大地，谁敢侵扰？

千钧重担在肩，引万千英雄下夕烟，

拳拳赤子心，以命护命，

白衣天使，大爱人间。

国之脊梁，一代英模，院士名士乃将士。

看今朝，魔退风清日，再谱新篇。

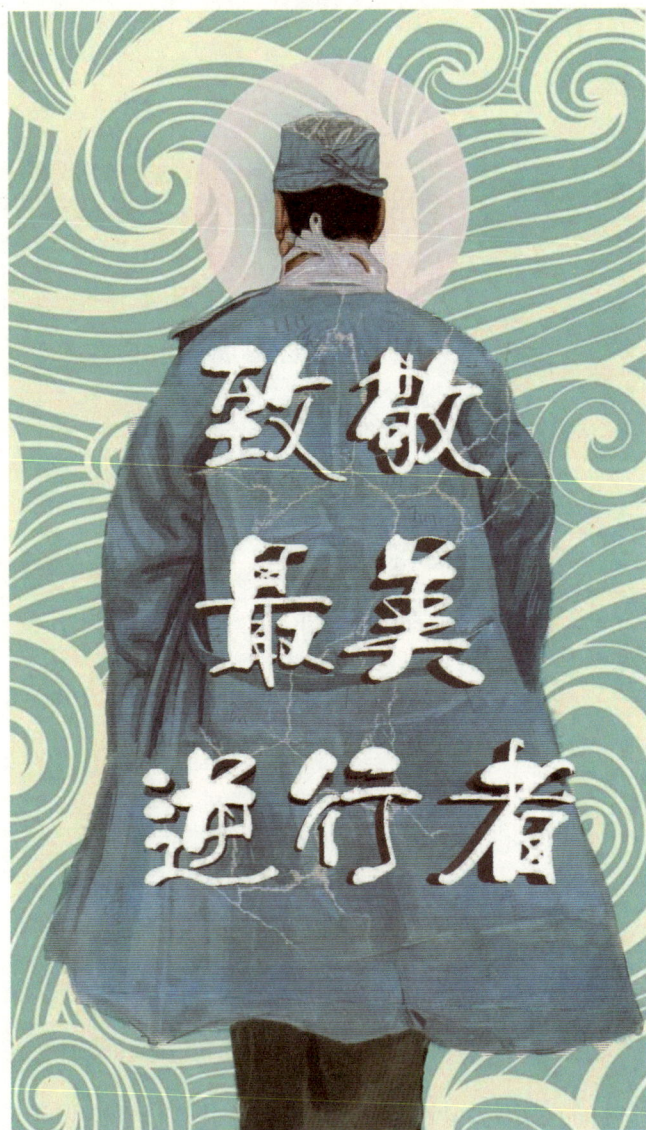

给李院士

一袭白衣芝兰秀，
巾帼英雄李兰娟。
拯救苍生为己任，
不顾古稀二出征。
躬亲尽力第一线，
昼夜只眠三点钟。
脸上压痕添景色，
医德医术皆可圈。

赠王辰院士

武汉辗转难眠夜，
苦心孤诣建方舱。
应收尽收生命院，
十六方舱皆休舱。
疫魔狂袭地球村，
环宇乃仿建方舱。
献计应献天下计，
赢名当赢世界名。

金缕曲
——献给武夷山援鄂抗疫勇士

今日武夷山，
人民夹道喜相迎，
英雄回归。
一腔热血保家国，
我们向火而行。
金银潭医院五楼中，
与疫魔短兵相接，
更与患者真情相守。
此岁月，永难忘！

前所未有的考验，
惊涛骇浪的岁月，
我们尽阅。
以生命护卫生命，
要把恶魔扫尽。
廿三战士皆无恙，
不辱使命凯旋回。
脱下战袍我们依旧，
看朝霞，迎日出！

2020 年 4 月 14 日

武夷之页

武夷之美

  武夷山,这个由大自然的神力而造就的天然胜景,世人有缘走进它,阅读它,读懂它,那将是人生之大幸,也是此生的福分!武夷山,有听不完的故事,赏不完的美景,探不完的奥秘,置身武夷山,与山水相依,与自然交融,在静谧的时光中,吮天地之灵气,感日月之华光,武夷的山山水水馈予你无穷的乐趣,将给你留下终生难忘的记忆!

  凡是到武夷山者,无不感到武夷之美,美的意境,美的气象,令人神往,让人心醉!

武夷之美　美在自然

　　武夷山脉，北接浙江仙霞岭，南临广东九连山，绵延几千里，为闽赣两省天然省界，神州大陆东南屏障。色如渥丹的丹霞地貌，灿若明霞的旖旎风光，秀甲东南，誉满寰宇，武夷山——世界"双遗"地，镶在其间。

　　这里山峦起伏，奇峰林立，沟壑纵横，武夷胜景：三十六峰、七十二洞、九十九岩、一百零八景，峰峰兀立，洞洞深幽，岩岩生韵，景景有别，各显千秋！

　　"万山磅礴必有主峰。"武夷山脉，主峰黄冈山，海拔 2158 米，素有"中国东南最高峰""华东屋脊"之美誉。黄冈山巅，垒石崔嵬，莽莽苍苍，云蒸霞蔚，"无限风光尽被占"，置身山巅，似有身置云霄、卓立霄汉之感，纵目远眺，大地寥廓，森罗万象尽收眼底！

黄冈山之巅

　　黄冈山麓有一条九曲溪，九曲十八弯，"一溪贯群山"，"溪边列岩岫"，曲曲山回转，峰峰水抱流，秀水潆洄，波光粼粼，不舍昼夜，亘古流淌！

武夷山九曲溪

　　流不尽的九曲,唱不完的赞歌,历史长河,历朝历代,多少名家,顶礼膜拜,为之吟唱,留下多少脍炙人口的佳句名篇。古时,旷代大儒朱熹首唱《九曲棹歌》:"武夷山上有仙灵,山下寒流曲曲清……"近代,文化大家郭沫若再吟《游武夷泛舟九曲》:"……凌波轻筏舶飞羽,不会题诗也会题。"就是不会题诗者,游了九曲,也会情不自禁为之而歌。九曲之溪,舟泛世上游人;九曲之魂,魂牵千古名家!

　　天游峰是"第一峰",是"武夷第一胜地"也。它位于九曲溪六曲北侧,为景区胜景之中枢。徐霞客曾云:"其不临溪而能尽九曲之胜,此峰固应第一也。"

武夷山天游峰

游人由山脚拾阶而上,逐级攀登,不顾辛劳,乃因无限风光在顶峰!天游峰顶,气势恢宏!环顾四周,群峰拱立,烟波浩渺,瑰丽雄奇,游人登顶望诸峰、观云海,一切美景尽收眼底。置身于此,宛如于蓬莱仙境,江山如此多娇,游者怎能不折腰?上天游,如登天之游,怎能不游?

黄冈山四周,一块保持完好的原生态风水宝地,原为国家级自然保护区,现为国家公园。全境南北长 52 千米,总面积达 565 平方千米。山峦起伏,峡谷幽深,森林茂密,古树参天,翠竹摇曳,溪水潺潺。茂林、竹海、山泉构成"天然氧吧"和"绿肺",为各种动植物提供了绝佳的生态环境,被中外生物学家誉为"绿色翡翠""世界生物之窗""生物模式标本产地""珍稀特有野生动物基因库"。据调查,武夷山地区已知植物种类 3728 种,动物 511 种,昆虫 300 多种,各色鸟类 300 多种。故有"昆虫的世界""鸟类的天堂""蛇的王国"之说。

著名文艺评论家冯牧游览武夷山后赋诗云："岱宗雄奇绝世伦,黄山幽邃自古闻,桂林山水甲天下,未若武夷集一身。"武夷山博采众长,荟萃名山之优,凝聚一身,世人总结表述武夷山兼有"黄山之奇,桂林之秀,泰岱之雄,华岳之险,西湖之美"。武夷山自然之美,美到极致!

武夷之美　美在人文

武夷山厚重的人文历史,深厚的文化底蕴,闪耀着瑰丽的光芒,历千年而不朽,给世人以丰润的精神滋养。

武夷山是地地道道的历史文化名山,这里有 300 多处书院、寺庙、宫观等遗址,450 多处摩崖石刻,1400 多首赞美武夷的古诗词。

碧水丹山,秀甲东南的武夷山,不仅成为中外游客的必到之处,更是墨客骚人魂牵梦萦之地。古往今来,于此驻足的显宦大儒、文人雅士络绎不绝,难以计数,他们于此寻幽探访、绘画、题诗、作赋,赞颂武夷的瑰丽与隽美,仅古诗词就留存 1400 多首。更令人叹为观止的是武夷山比比皆是的摩崖石刻,历经千载岁月洗礼,迄今尚清晰可识的题刻有 450 多处。其内容含蓄深邃,耐人寻味;其书法端庄遒劲,气势雄伟;其书体篆、隶、楷、行、草,各显其异,巍巍其然。字数最少者,如位于桃源洞入口处,只一"寿"字;字数最多者,在接笋峰下的"武夷山游记",竟有 1800 多字;字体最大者,位于二曲溪南的"镜台"二字,每字五米见方;位置最高者,是三仰峰上的"武夷最高处"题刻。

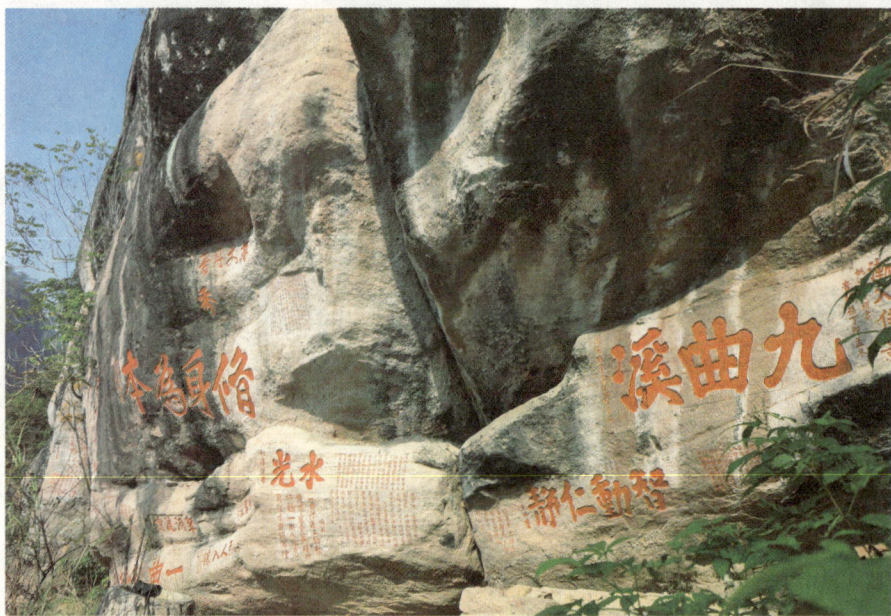

每副题刻微言大义,字字珠玑。"逝者如斯"让你品味儒教的文化内涵,"洞天仙府"让你领略道教的文化奇观,"云门三句"让你感知禅宗的奥秘。三教同山,在此得到充分体现。

朱熹为其义父刘子羽所写的《刘公神道碑》共 3722 字,是朱熹传世手迹字数最多的稀世珍品。至于九曲溪三号码头的当代"武夷碑林",郭沫若、赵朴初、启功、沈鹏、潘主兰等当代名家的书法精品,亦值得人们驻足观赏。

　　知名教授蔡尚思"东周出孔丘,南宋有朱熹。中国古文化,泰山与武夷"的文化论述被世人公认为当代名家颂武夷的经典名言。他寓论于诗,将朱熹与孔丘相提并论,武夷与泰山等量齐观。"华夏神山""五岳之尊"的泰山孕育了至圣先师——孔丘;秀甲东南,丹山碧水的武夷山涵养了理学"巨星"——朱熹。

　　武夷山是朱子理学的诞生处。理学家熊禾曰:"宇宙间三十六名山,地未有如武夷之胜。孔孟后五百余载,道未有如文公之尊。"

　　我想借以蔡教授的句式:武夷"双世遗",人文曜双星,北宋为柳永,南宋是朱熹。

北宋时,华夏文坛闪耀一颗词坛"巨星"——柳永,他是当时最受崇拜的词坛偶像,世人称"凡有井水饮处,即能歌柳词"。柳永之词,"天下咏之",他成了普罗大众的词人,这位词人来自武夷五夫里天鹅峰底,这怎能不令人感慨而自豪? 到了南宋,钟灵毓秀的武夷山涵养了一位更为闪耀的文化"巨星"——朱熹,他是继孔圣之后一位具有国际影响的伟大的理学家、思想家、教育家。他集理学之大成,一生以格物致知为准则,明理弘道为己任,传道授业,著书立说,构建理学,理明义精,道泽百世,理耀千秋。

出土于武夷山的西汉闽越王遗址,距今2000多年,占地48万平方米,是我国长江以南保存最完整的古汉城,它是中国古代南方城市的典型代表,已发掘出珍贵文物4000多件,遗址上的一口水井至今仍保存完好,水质纯净,清澈见底,被誉为"江南第一井"。

绝壁悬崖中的架壑船棺,经科学测定,距今3840多年,为世界古代悬棺葬的滥觞处。几千年前的古人,何以将船棺安置在千米绝壁之上? 众说纷纭,至今仍无一确是,乃为千古之谜!

武夷之美　美在物华

武夷山,这块神奇宝地可谓景胜物华,它不仅山清水秀,景色宜人,而且土地膏腴,草木华滋,物产丰富,品类至胜。南茶、北米、东笋、西鱼,各显其特,名不虚传! 尤其值得人们称道的是武夷山的茶。武夷山属典型的中亚热带气候,气候温和,雨量充沛,其地质层为白垩纪岩石层,其土为"烂石砾壤",丘壑纵横,云雾氤氲,为茶叶生长的绝佳之地。

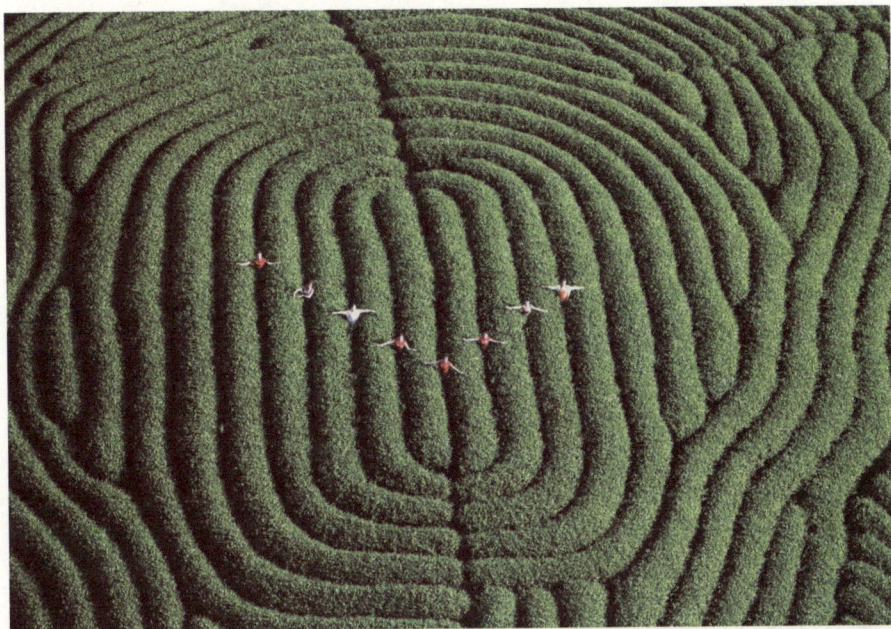

　　走进武夷山，你将置身茶海之中，这里是茶的世界。它是世界红茶与乌龙茶的发源地，万里茶道的起点。武夷岩茶，古为"丝绸之路"的使者，今乃"一带一路"的生力军！中国茶，从这里走出，走出华夏，走向世界，岩骨花香，香飘四海。早在 18 世纪，武夷山正山小种红茶风靡了英国上流社会，催生了喝茶小憩的西方下午茶，而今在西方仍绵延不绝，且愈加风行！

　　茶王之尊的大红袍，生长于武夷山风景名胜区中心的九龙窠的崖壁中，至今已有 400 多岁，历经沧桑却依然枝繁叶茂，生机盎然！大红袍，故事多。它的来龙去脉，前世今生，说不尽也道不明，例如：何人、何时所栽？其名何人所取？其名真正的含义是什么？石刻摩崖，何人所为？如何保护？如何加工保管？何人才可以品尝？其身价究竟多高？几百年来，坊间的传说衍生出各种版本，演绎得沸沸扬扬，这实在因为它太神奇、太高贵了！

大红袍茶树

不论如何传说，六棵茶树在武夷山九龙窠的崖壁中，实实在在地屹立于世人面前。而今，六"神树"为了泽被众生已走下神坛，繁育了数以兆计的大红袍，普天大众，不再只是风而传之，敬而仰之，而今竟可以品而尝之，这岂不是新时代的人间大幸？

大红袍大品牌，这是国家博物馆唯一一份现代茶的收藏品，其传统制作技艺被列入首批"国家级非物质文化遗产"，为武夷山赢得"中国茶文化艺术之乡"的美誉。大红袍，曾多次拍卖至一克万元。1972年，毛泽东主席将20克大红袍作为国礼赠予访华的美国总统尼克松。传说其间有个趣闻，未识大红袍的尼克松，不解地问道："怎么只有这么点茶叶？"机敏过人的周总理随即回答："一点也不少了，差不多给了你半壁江山了。"此故事后由中央电视台电视系列片《武夷茶文化》披露，并由当时的翻译唐闻生予以证实。

武夷岩茶由于生长环境得天独厚，制作技艺千载传承，经独特技艺制成，外形紧秀绿润，内质醇香持久，汤色透亮澄红，滋味温润回甘，"香、清、甘、活"为武夷岩茶的独特品质，乃为"岩韵""岩骨花香"。

大红袍是武夷岩茶的至高的品牌，它成了武夷岩茶的一根标杆、一面旗帜、一张名片、一种文化符号！

一茶一世界。茶，这片叶子，染绿了武夷山这片天地，使武夷山成了茶的天下。今日武夷山，一片叶，大产业。茶园、茶厂、茶铺、茶馆，遍地可见；培育茶、加工茶、营销茶，茶产业如火如荼，方兴未艾。每年的茶博会、斗茶赛、茶讲座、茶论坛，说茶、论茶、品茶，层出不穷，以茶兴业，以茶联谊，以茶修为，以茶论水平，以茶见高低！以茶为业，由茶致富者，比比皆是，不可计数，茶富百姓，茶兴一方，在武夷山已成了不争的客观现实。

香江茗苑

走进武夷山，你可遇见"一心做好茶"武夷星，你可看到全自动加工的香江茗苑，你还可以见到专制正山小种红茶的正山堂……

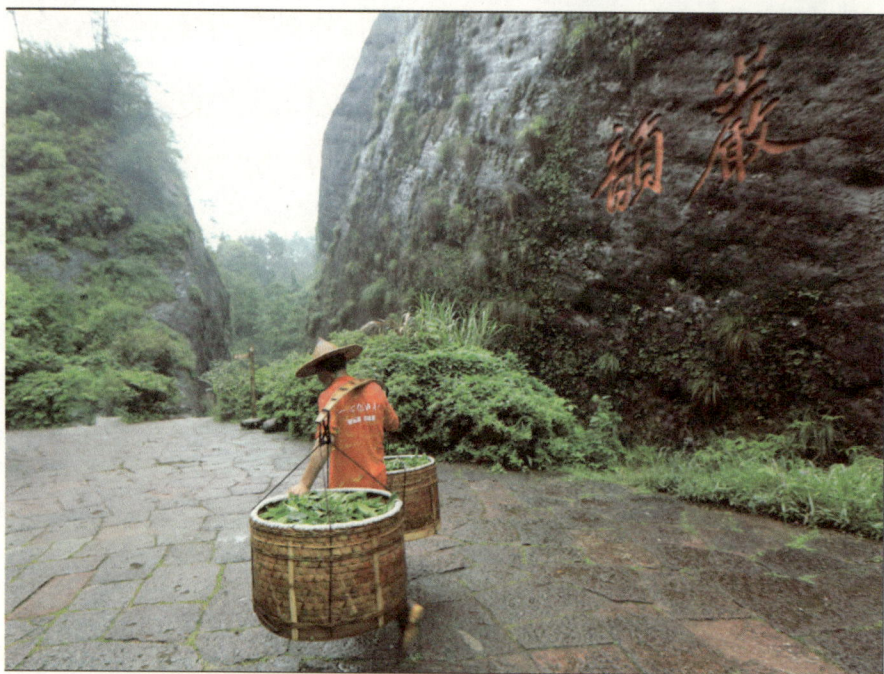

　　"茶"字有哲蕴，人在草木间，有人方有茶。今日武夷茶的兴盛繁荣，乃因武夷山有一代又一代的茶人，他们一辈子与武夷茶结缘，一生奉献于武夷茶，像吴觉农、张天福、姚月明，已成人们记忆中的浮雕，活在人们的心中。而今，涌现了陈德华、叶启桐等十八位大红袍制作技艺非遗传承人，还有一位绕不过的人物，那便是黄贤庚先生，他几十年潜心钻研茶文化，已出版三本茶著，书中，灼见其华！他们都为武夷茶的继往开来、传承创新做出各自的贡献。

　　如今在武夷山，茶不但是一大产业，一大饮品，而且已上升为一种文化。茶富百姓，茶润人心！武夷山人，种茶制茶造世界，品茶品味品人生！

　　且饮一杯茗，且吟一句诗：

　　　　　南方有嘉木，武夷竞峥嵘。
　　　　　徜徉茶海间，我身置蓬莱。

主政一地,造福一方的领导深知,武夷山的特色在茶、优势在茶,茶是武夷山农业经济的支柱产业。近年来,武夷山严控茶山的面积,确保茶的品质,构筑茶的品位,打造茶的品牌,大红袍,红天下！武夷山成了世人必游之地,大红袍成了人们必品之茗！

武夷之美　美在赤色

"宁化、清流、归化,路隘林深苔滑。今日向何方,直指武夷山下。山下山下,风展红旗如画。"这是古田会议后革命领袖毛泽东于1930年1月亲率红军第二纵队,北经宁化、清流、归化(今明溪),西越武夷山的路上吟成的一首《如梦令·元旦》。这是革命领袖的革命乐观主义情怀,为工农红军谱写的一曲赞歌,也为武夷山描绘了一幅美丽的革命画卷。此词充分佐证了武夷山这块"红土地"是中国工农红军长征的重要始发地,是中国共产党早期创建的革命根据地之一,是著名的革命老区和中央苏区县。

武夷山是全国红色旅游精品线路之一,是红色旅游的经典景区。武夷山的革命遗址、烈士陵园、革命历史纪念馆等红色印记随处可见。

市中心的列宁公园是苏维埃的象征,园内的"闽北革命烈士纪念碑"巍然耸立,朱德总司令的题词——"革命先烈,永垂不朽"八个大字永放光芒。陈毅、邓子恢、张鼎丞、叶飞等老一辈革命家的题词熠熠生辉:浩气传千古,丰碑励后人！"闽北革命历史纪念馆"陈列了上千件文物,一幅幅弥足珍贵的照片,一件件朴素无华的革命文物,一把把匕首、佩刀、短枪,一枚枚印章,一件件旧物,这些看似简单的老物件都是革命先烈献身革命的历史见证,它承载着革命先辈许许多多可歌可泣的感人事迹,承载着先辈英勇奋斗、不畏牺牲、百折不挠的革命传统和革命精神,这些文物所蕴含的红色文化、红色基因,永远代表着我们时代的正能量,红色基因已注入我们的血脉,代代相传!

闽北苏区纪念碑

　　走进大安,不仅让你领略到青山绿水的秀丽风光,更主要的是让人们目睹"中央苏区核心地、闽北红色首府"的旧貌新颜!走进大安,即可遇见一位优秀小学教师张珍秀,缘于对红色文化的耿耿忠心,20多年来,她不畏辛劳,矢志不渝地坚持充当义务讲解员。又由于她努力学习,刻苦钻研,对大安的革命历史了如指掌,讲解起来,如数家珍,娓娓动听,那热情洋溢的讲解,给参观者上了一堂生动的革命历史课。她还给人们呈现了由她撰写的《闽北红色首府——大安》,此书资料翔实,内容鲜活,叙述流畅,是一本不可多见的中国革命历史教科书。一堂课、一本书,悉数告诉世人,大安何以是闽北革命根据地的一颗璀璨明珠。

走进坑口这座红色都城,让你看到的满眼都是红色印记,墙壁上"中国红军万岁"六个大字映入你的眼帘,这乃是方志敏的亲笔,迄今依然清晰赤亮,如此红色印记,怎能不弥足珍贵?

坑口是红十军第一次入闽作战地,红军挺进师与闽北红军会师地,闽北红军独立师重建地、闽北分区苏维埃政府成立地、"中共闽赣省委""中共闽浙特委""中共福建省委"所在地,新四军第三支队崇安留守处,闽北红军游击队北上抗日出发地,老一辈革命家方志敏、陈丕显、粟裕、黄道、饶守坤等均在此留下光辉的足迹。坑口之美,美在其红,将军故地,红军摇篮。

上梅,早在1928年9月和1929年1月,中共崇安县委在此先后两次举行了威震八闽的上梅农民武装暴动,打响了闽北人民武装反抗国民党反动派的第一枪,崇安成了闽北武装斗争的策源地。苏维埃政府成立遗址,第一次、第二次上梅暴动旧址、纪念碑、纪念馆,供人参观,重温历史,鉴往知来!

震惊中外的新四军暴动地址,位于武夷山市赤石村崇溪河畔。1942年6月17日,被囚禁上饶集中营的新四军战士被转移到福建,途经赤石渡口时,新四军六中队的80多位爱国志士,不顾抛头颅、洒热血,毅然决然,举行集体大暴动! 暴动后,国民党反动派疯狂地进行血腥屠戮,6月19日,59位所谓"危险分子",除了一位名叫秦烽的侥幸脱险外,其余58位新四军爱国志士,在"虎山庙"全部殉难。

而今,赤石暴动纪念碑、纪念馆、烈士墓、纪念墙、虎山庙大屠杀旧址及纪念碑,历史印记,历历在目,英雄虽逝,英魂永驻,浩气长存!

红色武夷,圣土一方,革命老区,红旗飘扬! 烈士英名,光耀千秋,红色基因,代代相传!

今日的武夷山,天更蓝,地更绿,水更清,人更美,成了一个令人来了不想走、走了还想来的迷人之地!

古之诗家白玉蟾云:"游人来此醉归去,几个亲曾到武夷?"当代著名散文家刘白羽说:"武夷收尽人间美,愿乘长风我再来。"

冀世间之人都能亲到武夷山,来了,您都会如郭沫若先生所言,吟诵您的诗句!

山城武夷逢盛世,好山好水迎客来。

佳茗一杯待宾客,让你一生记心怀!

恭听樟王抒情怀

　　大凡城市,都有各自不同的名片,如有市花、市树,广州为花城,福州为榕城,武夷山市也有市树,那就是樟树,武夷山境内随处可见亭亭如盖、绿荫覆地的樟树群,而为人们最为称颂的乃是耸立于武夷文庙之侧的四棵古樟树,尤其是市政府大院正南面的一棵被市民尊崇为"樟王"。

　　据林业部的专家于1996年考证与测定,樟王应为公元1106年所植的一批中唯一的幸存者,迄今已913岁。北宋淳化五年(994年),朝廷颁诏设置崇安县。设县后,依规建立文庙,选城区中央的营岭依势而建,尔后历代官府均在此广植樟树,遂成樟林,亦称"孔林"。历经千年风雨,渡尽劫波,如今仅存四棵。1949年后,历届政府和人民对它们"宠爱有加",确保了它们的生存空间,给它们编了号,挂了牌,砌了防护圈,加了文字说明,明确保护措施。

樟王，年岁最长，形体最硕，形象最美，蔚为壮观，其主干粗壮得三人还难以合抱，树高 30 多米，冠幅 50 多米，主干底部不足 2 米处即旁生出九根挺拔的枝干，撑起那向外横出的枝桠，密密匝匝，昂首苍穹，宛如一把张开的巨伞，伞冠高擎，冠盖如云，把大半个足球场大的场地铺盖得严严实实。它铺展在空中的华美，让亲临其境的人们，静观其盛。无论何人，只要你站在大树下，举目一望，你都会为它的硕大繁茂、挺拔独秀而震撼，更会为它历尽千载沧桑如今依然枝繁叶茂、生机盎然的不朽精神而生敬意！

人有时可物化为树，树有时也会异化成人，樟王是一棵古樟树，它活生生地屹立于世人面前，可又成了一位有生命、有思想、有心灵的智慧哲人。

让我们以虔诚和敬畏之心，聆听樟王的述说：

我们樟树族群，是极其普通平凡的常绿乔木，一年四季，常年披绿。叶子呈椭圆形，花小多黄绿色，结紫色浆果。绿是我们树的本质，给人遮阳，给人阴凉，给人避雨，是我们的宗旨。我们每天吸取的是二氧化碳，呼出的是氧气，改善生态环境，令人沁心润肺，神清气爽，精神焕发。倘若说我们有情怀，那么我们的情怀就是以树荫和落叶滋养大地，为人间营造一个清凉的世界。

我们还有一个名字叫"香樟"。这是因为我们先天有香味，从骨髓里渗溢出樟脑香气，气味芬芳悠长绵延，终生盘桓不去，人们可提炼出樟脑油，供工业及医药之用。我们材质致密、坚韧，且有香气，能防腐防蛀、是制作家具的优质之材，加工后的我们可以变成门，变成窗，变成柜，变成各式的家具。从前女子出嫁,樟木箱子是必备的嫁妆,不仅宜放服饰,更主要的是氤氲香气,这是娘家的气味,陪伴终生,永成记忆。我们还可以被制成精致的盒子,让逝去的人们,安放魂灵。

　　我们密密簇簇的叶子在每年更替凋落之后回归大地,化成沃土。凋萎的枝丫,人们还可以当成柴火,毫无保留地尽其燃烧,用尽毕生,照亮和温暖人间!

　　亭亭如盖的翠冠之巅,成了各种鸟儿的栖息地,树影婆娑,鸟语呢喃,它们在上面筑巢安窝,吱呀鸣噪,风乍起,数千羽翼扇动,盘旋起落,此时,曼妙的树梢与风共舞,与鸟共鸣,这是何等的境界,真可谓"贤者因时而行藏,灵禽择枝而栖宿"。

　　人们发问,樟王您将逾千岁,何以苍然固我,葳蕤而立?的确,历经千年烽火,我经历的风,经历的雨,经历的霜雪和雷电,既无法数清,也难以言尽,一年365天,每天风梳发,雨洗头,栉风沐雨,饱经沧

桑！然而，我深知风雨与阳光总是交织出现，有风雨的一日，必有艳阳的一天，上苍永远眷顾万物，春夏秋冬，月光星辰，四时运行，万物生息。

然而，更重要的因素，用当下的话，缘于"接地气"矣，只有将根深深地扎入泥土之中，才有取之不尽的水分和养分。根有多深，树就有多高；根须多发达，枝叶就有多茂盛。因根深蒂固，狂风暴雨不改我形，世态变迁不改我质。还有，无论如何都必须有坚强的意志，乐观的精神，豁达的心态对待它。"存乎一心"最见修为，"水为善下能成海"，这告诉世人，内心充满阳光，精神灿烂者，可以抵御抗击衰老。相信吧！一棵精神灿烂的树，可以活千年甚至几千年；一个内心充满阳光的人，可以活百岁！

樟王始终坚持自己的岗位，不见异，不思迁，坚定不移，矢志不渝，安身立命，它不谙"平台"，不屑"造势"，不宣讲，不演出，不作秀，即使有千千万万值得说的话，它也缄默不语，只以自己的生命历程，自身的传奇，让世人去品评，去感受，去领悟，谁能真真确确地感悟它的话语，谁就获得真理，获得人生真谛。

樟王说，我经历历史，见证历史，见证了岁月的流逝，见证了历史的变迁，历时千年，一天又一天，一年复一年，日出日落，花开花谢，风云变幻，世事嬗变，更迭承续，历史湮没了多少动听故事，岁月荡抹了多少记忆密码。历朝各代，在此即位的"县老爷""父母官"已逾二百多位，我均历历所见：功勋留青史，泽被后世者有之；"些小吾曹州县吏，一枝一叶总关情"者有之；在位不谋政，政绩乏可陈者有之；忘却地为厚，遗憾了终生者有之。古今关照，前有车，后有辙，前车可鉴！政声人去后，历史最公允。

"俱往矣,数风流人物,还看今朝。"今之主政者,牢记宗旨,不忘初心,立党为公,执政为民,励精图治,奋发蹈厉。试看今日武夷山,天更蓝,山更青,水更绿,路更广,地更灵,人更杰。各项经济社会建设,各种政治体制改革,方兴未艾,如火如荼,日新月异,万象更新。

为政者深知,胸怀天下,心系苍生,"为官一任,造福一方","绿水青山,就是金山银山","百姓口碑,就是金杯银杯"。守住这方净土,使武夷山这片神奇的土地成为世界人民流连忘返的圣洁之地,这是为政者义不容辞的责任和使命。樟王永远是这一使命的参与者和见证者。

樟王,乃成了一棵神树,千年屹立于此,它永远如一把巨伞、一面旗帜、一座灯塔,像一位教师、一所学校、一座熔炉,似一张名片、一块活化石、一件活文物,年年岁岁,周而复始,荫绿大地,护佑苍生。

樟王不语,永成丰碑!

(本文原载于《武夷山》2019 年第 8 期)

一瓣心香祭柳永

　　时序三月，岁在丙申，惠风和畅，春意盎然，清明时节，人们纷纷扫墓祭祖，缅怀先人。此时的我，却与家人一起驱车抵达武夷山市上梅乡金鹅峰山麓的茶景村，以虔诚崇敬之心，祭拜声名显赫的词坛巨星——柳永。此地是柳永的故里，我们到这里追忆先贤，以寄情怀，亦融合踏青访春，亲近自然之气的目的，故分外惬意。尤为庆幸的是，我们遇见了在本村担任过村主任、村支书的饶水生同志，他热情洋溢地给我们当向导，带我们到了柳永故居旧址，一路为我们介绍。面对一座旧居门前的一块大基石，他介绍说这是柳永故居留下的；另一农舍大门前陈放一块二米多长的大石条，顶端镌一个大楷书"永"字，令人难以解读；两棵躯干斑驳的罗汉树弥散出岁月的沧桑，其枝叶青翠欲滴，摇曳多姿，据介绍，这是千年前少年柳永所植。当然，这只是传说，是真是假，不必深究。

　　这里是一个骄人的景点，它确系柳永的故乡，此地奇岫妍丽，静穆深幽。村依的鹅子峰山势嵯峨，草木葳蕤，与它遥相呼应的莲花峰，莽莽苍苍，郁郁葱葱，村庄农舍一幢幢错落有致，村前小溪舒缓而柔情，就是这灵山秀水哺育了柳永这位旷世奇才。

　　此时此刻的我，伫立在两棵罗汉树前，追思缅怀，思绪缈远，感慨端端，涌上心头的是：

　　　　钟灵毓秀地，千载诗人生。

　　　　词风一代起，文坛著春秋。

蓦然间，我眼前仿佛闪动一个身影，由远及近，影影绰绰向我走来，他就是才华横溢、落拓不羁、风流倜傥的才子词人——柳永。

柳永原名三变，后改名永，字耆卿。因排行第七，又称柳七，兄弟三人，长兄三复，二哥三接，三人均先后中进士，人称"柳氏三绝"，柳永最后官至屯田员外郎，故又称之"柳屯田"。

柳永出身于仕宦之家，天资聪颖的他，如同许许多多文人学子一样，沿着学而优则仕的文人生存轨迹，把入仕作为人生的第一目标，冀以科举求取功名，一旦金榜题名，乃可领略"春风得意马蹄疾，一日看尽长安花"的无限风光。

少年时的他勤学苦读，他曾写《劝学文》以表心志，其文云："学，则庶人之子为公卿；不学，则公卿之子为庶人。"登堂入相，志为公卿，是他人生的初衷。

当他饱读诗书、踌躇满志赴京应试时，原以为那是志在必得且轻而易举之事，可没想到，事与愿违，给他的竟是一盆冷水，他名落孙山了。此时的他填词道："富贵岂由人，时会高志须酬。"又经三年努力，参加第二次应试，结果又是当头一棒，他再次落榜了。极度沮丧的他在愤激之余写了名作《鹤冲天》："才子词人，自是白衣卿相……忍把浮名，换了浅斟低唱。"此词一出，旋即在社会上广泛传诵，而且传到宫中，仁宗皇帝读后也是一番滋味涌上心头。那一句"忍把浮名，换了浅斟低唱"让仁宗愤激了，天下竟有人敢傲视皇朝开科应试！再经三年,柳永再次参加应试,成绩过关了。然而,待到皇上临轩放榜时,并未忘却心中之愤的仁宗皇帝,朱笔一批:"且去浅斟低唱,何要浮名?"就这么一笔,断送了柳永的锦绣前程,铸就了他辛酸的一生。

遭受如此境遇的他,以戏谑自己的心态,扛着"奉旨填词柳三变"的御牌,踏上了浪迹萍踪的人生征程。据文献记载,他到过睦州、泗州、华阴、开封、长安、建宁、会稽、杭州、扬州、苏州、金陵、鄂州等地,足迹几乎踏遍了大半个中国,可谓"行万里路"。

浪迹异乡,飘零无依的他,只能于市井深处,为都市的教坊乐工、歌伎谱曲填词,以展自己的才华,聊以自慰,姑且度日。

在羁旅行役中度过数十年的蹉跎岁月后,身心疲惫的他于公元1032年回到京都,并再度准备应试。宋仁宗景祐元年(1034年),已近天命之年(时年47岁)的柳永参加了最后一次应试,苍天怜悯,此次及第了,终于遂了平生梦寐之愿。他喜不自胜,写了《柳初新》词,表达心中的喜悦:"别有尧阶试罢。新郎君、成行如画。杏园风细,桃花浪暖,竞喜羽迁鳞化。"

登进士第后,他被派到浙江的睦州,为田练使推官,后转到昌国县的晓峰盐场任盐监,他目睹了盐民的艰辛,写下《煮盐歌》,对盐民的苦难表示了深切的同情。

入仕之后,他任过推官、盐监、县令等初等官阶,为了晋升,他于宋仁宗皇祐年间,写了歌颂祥瑞的《醉蓬莱》,望得仁宗赏识,结果又因词句与御制真宗挽词暗合,无意中又得罪了皇上,当然不得进用。他又去找晏殊,晏殊是宰相,也是词人,为同道,可是晏殊并不同情他,反而责备他不该写"针线闲拈伴伊坐"之类的词,好处未得,却遭奚落。之后,他改名为"永",遂为京官,任屯田员外郎,人称"柳屯田”，属六品，乃京官中最末官阶。

纵观柳永的一生，似乎有一种宿命，他一生与词结下不解之缘，一生的命运紧紧与词相连，可谓因词而生，为词而活，为词一生风风雨雨、沸沸扬扬、跌跌撞撞。

柳永的一生极具传奇色彩，充满矛盾纠结，又满是悲怆，也风光无限。一方面，出身仕宦家庭的他，天性使然，一生渴望功名，为功名所累；另一方面，天资聪颖的他，才情使然，一生钟情于诗词，诗词使他一生悲怆，诗词也令他一生辉煌。

面对柳永的一生，摆在人们面前的一个话题，那就是他的一生是幸还是不幸，显然，回答这个问题，看你从什么角度去思维、去审视、去定位。若是从政治仕途上看，柳永一生，命运多舛，仕途不畅，屡受挫折，一生萍踪浪迹，穷困潦倒，他是不幸者。然而，这是坏事，也是好事，北宋王朝失去了一位曾经踌躇满志的仕吏，却又涅槃出一颗闪耀中国词坛天空的巨星，闪闪发光，永不陨落，这岂不是中国文坛的大幸！倘若柳永仕途顺畅，官运亨通，飞黄腾达，一路升迁，也就没有境界高绝，千年传唱不衰的柳词，也就没有今天万人瞩目的柳永，也就没有独属于柳永的峨峰山色。真是"失之东隅，收之桑榆"！

柳永终生漂泊无定，直至死亡，一生苍凉，生时没有人为他写过传，死后也未见其墓志，至今依然无人可以厘清他的年谱，就连生卒年月都不详，只能推测大约，故有人说："宁立千人碑，不做柳永传。"

柳永生前身后，一直未得到应有的公正待遇，尽管他的名字家喻户晓，他的词传遍大江南北。可是，少数封建士大夫一直对他颇有微词，历代评论家对他也是褒贬不一，多是毁誉参半，甚至毁多于誉，还有所谓文人，以他为蓝本，杜撰和演绎各种话本小说，只把他定位于风流才子,编造许许多多的遗闻轶事,津津乐道,大肆渲染,歪曲柳永形象。

凡此种种,实不可取,应予摒弃,时至今日,应正本清源,还柳永一个公道,给世人一个真实的柳永。

柳永是北宋前期最负盛名的词坛巨星,对宋词的发展做出卓越贡献。他是北宋词坛的革新家,成功的开拓者,他不仅是"婉约派"的创始人,而且是"慢词长调"的开山者。他革新创造的"慢词长调"的填词艺术,打破唐五代以来小令一统词坛的旧格局,扩大了词的容量、提高了词的表现能力,开创了宋词发展的新局面。

北宋词坛,可以说成了柳永的天下,他的词赢得当时上到帝王下至黎民的普遍喜爱,"凡有井水饮处,即能歌柳词"。只要有人的地方,就有唱柳词的,足见他的词在当时流传之广,影响之深,直至今日,仍然拥有众多的读者。

"宋词之有柳,若唐诗之有杜""学诗当学杜诗,学词当学柳词"。柳词如此讨人喜欢,令人倾倒,成了千古绝唱,这是因为柳永这位词坛巨匠,他写的词境界高绝,婉约曼妙,音律谐婉,语言通畅,字字凝练,句句含情,他的词可歌、可颂、可传、脍炙人口、沁人心脾、催人泪下;词集《乐章集》存世212首,这是他一生精力所在,汇聚他的毕生心血,他的词至情至性,是他跌宕蹉跎、风雨人生的诗意体现。《乐章集》中的名篇名句,已成永不泯灭的经典记忆,经天纬地,驰骋古今。

我想,作家以作品说话,以作品名世,以作品安身立命,世人也只能以其作品评定一位作家。

要走近柳永,认识柳永,只能是认真读他的词作。读懂其词,方识其人。他的词,是他一生命运演进、人生轨迹的真实写照。透过他的词,才能读懂他的人生"秋暮,乱洒衰荷,颗颗真珠雨"。

"文章自得方为贵",写文章一定要有自己的思想,自己的意会,自己的语言,自己的特点,以至形成自己的风格。一句话,要创新,要有新意。柳永的词,为什么流传至今还能打动千百万读者的心灵?那是因为,柳永词具有苏轼所评定的独有的"柳七郎风味"。

李易安说他是第一个"变旧声,作新声"的词人;苏东坡亦云:"世言柳耆卿曲俗,非也。如云'渐霜风凄紧,关河冷落,残照当楼',此语于诗句不减唐人高处。"其词《凤栖梧》结句"衣带渐宽终不悔,为伊消得人憔悴"被王国维誉为古今成大事业、大学问者要成就最高事业所经过的第二重境界;其词《望海潮》被当今伟人、大诗家毛泽东所书写。

柳永诗词的名篇《雨霖铃》《八声甘州》《望海潮》《鹤冲天》《凤栖梧》等皆是历经时光淬炼,迄今依然闪烁艺术魅力的旷世经典。名篇里的名句有:"才子词人,自是白衣卿相""忍把浮名,换了浅斟低唱""衣带渐宽终不悔,为伊消得人憔悴""渐霜风凄紧,关河冷落,残照当楼""执手相看泪眼,竟无语凝噎""多情自古伤离别,更那堪,冷落清秋节!今宵酒醒何处?杨柳岸,晓风残月""烟柳画桥,风帘翠幕,参差十万人家""有三秋桂子,十里荷花"……这些意韵绵长,婉约灵动,脍炙人口的词句,历经千年,传唱不衰。

《望海潮》是柳词的名篇之一,词描绘了钱塘江的恢宏壮观,西湖的旖旎风光,杭州的富庶繁华,大笔濡染,大气磅礴,气象万千,词风既婉约又豪放,极具感染力,诗人谢驿,写诗责怪柳永此词讴歌之过,引来金兵南下。故此,罗大经《鹤林玉露》云:"此词流播,金主亮闻歌,欣然有慕于'三秋桂子,十里荷花',遂起投鞭渡江之志。近时谢处厚诗云:'谁把杭州曲子讴?荷花十里桂三秋。那知草木无情物,牵动长江万里愁!'余谓此词虽牵动长江之愁,然卒为金主送死之媒,未足恨也。至于荷艳桂香,装点湖山之清丽,使士大夫流连于歌舞嬉游之乐,遂忘中原,是则深可恨耳!"

笔者读此,深为惊叹!

这是怎样的一位词作家,其一首词,就能令金主送死,亦可使士大夫流连忘返,遂忘中原,足见其词作的魅力,扣人心弦,震撼人心,摄人心魄达到何等地步,写出如此之词作者岂能可恨,一笔扫千军,功乃敌国,岂能不说是功劳,至于士大夫的堕落沉沦,又怎能开罪于他,这是什么逻辑?在此君面前,我们只感仰之弥高,顶礼膜拜耳!

据云,咏西湖之诗,自柳永之词和苏轼之诗后,遂使千古之下的文人为之搁笔,"眼前有景道不得",奈因"崔颢题诗在上头"!

啊!在远方,在历史的深处,一个凄惶的幽灵在浅吟低唱;在近处,在眼前,一个不朽的诗魂在高歌,柳永没有远去,永远也不会远去,他定格在世人面前的,永远是一个清晰的鲜活形象,文化不朽,柳永永在读者心中。

(本文原载于《武夷山》2016 年第 8 期)

苍天赐福　茶人茶寿

　　2017 年 6 月 4 日上午,茶界泰斗张天福先生魂归道山的消息瞬间传遍了武夷山,特别是武夷茶界反应尤甚,人们纷纷表示不舍!

张天福

　　人之生死,自然法则,谁都不能例外,人一生不过百年,张天福先生活到 108 岁,已是生命的奇迹,先生的走,是正常的远行。先生不会永留人间,这是认识他的人们所预知的,可是,这一天真正到来,人们依然扼腕叹息,这是因为,这位世纪老人,被尊为"茶界泰斗",太值得武夷茶人留恋!

　　张老生于 1910 年 8 月 18 日,时年是宣统二年,为清末,后经北洋政府、国民政府、中华人民共和国,历经一个世纪的人生,沧桑百年,风风雨雨,坎坎坷坷。然而,他始终以坦然的姿态面对人生之重。

　　总览他的一生,他一生似乎只做一件事,那就是一生与茶结缘,可谓因茶而生,为茶而活,茶的人生,人生如茶。一生以赤子之心,矢志不渝地为中国的茶事业苦心孤诣,殚精竭虑,一生事茶,成就斐然。

　　他的一生记录了南方嘉木百年的繁衍生息,透视着令人震撼的茶的人生。

　　一生追求、一生有福,他为茶付出终生心血,茶亦回报予他一生的辉煌。他是《中国农业百科全书》所列的当代中国十大著名茶叶专家之一,是茶人茶寿的唯一获得者,他被推崇为"茶界的泰山北斗"。时年107岁的他,被特聘为世界茶叶组织高级顾问,并给他颁发了世界茶叶组织最高奖——"茶仙茶寿终身成就奖",这是何等荣耀。

　　他的一生,在跨度八十载的时光中,与武夷茶结下不解之缘。他曾四驻武夷山:1938年奉命到崇安县成立福建茶叶改良场,任场长;1940年二驻崇安,创办"福建示范茶场",为首任厂长;1946年,抗战胜利后,茶叶研究所由国民政府农业部中央农业实验所接管,改名为崇安茶叶实验茶厂,他又奉调实验茶厂主事;1949—1950年他任省农业厅崇安茶场厂长;1959年,经人生波折后的他,再度回崇安茶厂度过了三年多的特殊岁月。

　　在风雨如晦、国难当头的抗战时期,临危受命,艰难创业,在他手上开垦高标准的示范茶园4000多亩,搜集培育新品种四十多个,深入开展武夷岩茶的科研、试验、推广工作。由于他的领头带动,后被誉为"中国当代茶圣"的吴觉农,以"示范茶厂"和几千亩示范茶园为基地,创办了"中国茶叶研究所",先后引来一大批茶叶专家献身于武夷茶叶,被誉为"武夷岩茶泰斗"的姚月明一生献身于武夷岩茶。时至今日,一大批武夷岩茶继承人薪火相传,雨后春笋般地茁壮成长。

　　武夷岩茶的创新发展成了张老一生的牵挂,改革开放后,他不顾高龄,几度回武夷,充分体现了"生命不息,战斗不止"的精神。1997年11月上旬,首届武夷岩茶"茶王赛"他是主评;2000年7月下旬,中国武夷山茶文化节"凯捷杯"茶王赛,他仍然是主评;2005年4月上旬,时年95岁的他毅然出席武夷山市举办的(第十二届)"上海国际茶文化大红袍文化节",并在"武夷山大红袍养生长寿"的高峰论坛上,做了精彩的发言。

　　这位世纪老人在茶界故事很多,且说一则遗闻轶事,有一次张老被邀到一地参加茶王赛,他在品评两个标号各异的参赛作品时,品尝之后即说:"两作品乃出自一人之手,其品质无高下之分。"经查验,确乃参赛者出于某种动机,抑或为了考验品评者,故意将自己同一批茶叶分为两样,以两个名号参赛,以混鱼目。张老一语破的,霎时引起全场轰动。当然,更令持茶者佩服得五体投地。由此,张老之名,声震茶界,闻名遐迩。

　　2005年4月中旬,时年95岁的他应邀回到武夷山市茶场,当他踏进昔日自己任厂长的"福建示范茶厂",当年许许多多的旧物历历在目,尤其是看到了1940年示范茶厂奠基碑上由当时省政府顾问徐学禹题写的碑文:"岩茶之源,仙植武夷;焙制精良,岩茶成规。以示今范,以奠初基。磐石长久,亿万年斯。"张老抚摸碑石后,睹物思人,念兹在兹,抚今追昔,心潮澎湃,感慨万千,曾经沧桑的老人,不禁潸然泪下。

　　期颐之年的张老,依旧精神矍铄,耳聪目明,思维清晰,对答如流。人们询问其益寿延年之道,他只答二字:"喝茶。"是的,张老的一生不知喝了多少茶,生前他家门庭若市,来访的客人络绎不绝,每日陪客人不知喝了多少杯。光是"喝茶"并不难,难的是像张老那样,一生与茶结缘,终生与茶为伴,为茶献身。他的长寿有赖于人爱茶、茶爱人,人养茶、茶养人,人茶合一的养生之道。

老人对茶道、茶文化有其独到的见地,他认为品茶乃集"解渴、保健、怡情于一身"。中国茶礼的内涵:"俭、清、和、静。"佳茗是靠"品"出来的,不是靠捧出来的。茶文化也要靠人去"品",不是靠人去"包装"。真知灼见,言必有中。

2010年,时年100岁的他,做出惊人之举。"老夫敢作黄昏恋,余生乐度艳阳秋",他毅然决然,寻觅知音,终于与风姿绰约、时年57岁的张晓红女士喜结良缘。倾城之恋,传为人间佳话。如此敢于领略人生景色者,世间能有几人?

张老的一生,在茶界堪称传奇,他的一生可谓五彩缤纷、绚丽斑斓。他不仅活到常人难以达到的生命长度——108岁,而且达到别人难以达到的人生高度——获得世界茶叶组织最高奖——"茶仙茶寿终身成就奖"。

张天福先生安然地走了!他的走,可谓是无憾而远行,他完全可以坦然地告诉世人,他无愧于人生,一个世纪的人生,他奋斗了,他尽责了,应做的事他做了,该走的路他走了,该上演的戏他也演了,该谢幕了!

生则奋斗不止,死则从容归去,这位地地道道的茶人,淡定从容地写好了自己的人生答卷,无怨无悔地离场了。

在茶界,他是良师,是榜样,是楷模。他成为茶界的一面旗帜,一张名片,一根标杆!

纵然斯人已逝,但他留传于世、惠及后人的宝贵遗产需要传承,他那为茶奉献一生的精神需要发扬。人们需要缅怀,在缅怀中铭记,在缅怀中学习,在缅怀中传承。

人生如局,人生如茶。这棵百年"老枞水仙",向世人昭示了一个深邃的人生哲理,人生就该如茶,积极入世,淡然处世,从容出世,这才是一个完满的人生。

张天福先生的谢世,对茶界来说,真正代表了一个时代的茶人走了。先生走了,茶界从此没有张天福。未来的茶界,能否再有"张天福"? 唯愿苍天能赐"福"!

(本文原载于《茶缘》2017 年冬季号,2017 年 9 月 15 日《闽北日报》刊登,2019 年《南平茶志》转载)

忆增官

2017 年 4 月 24 日是中国作协会员，福建省小说家胡增官的忌日。一晃他离世已三年有余。三年多来，人们并未忘却他。这位自身有故事而成为会讲故事的人，向世人述说他曼妙而动听的人生故事，令世人为之动容，为之扼腕！

胡增官

胡增官，福建连江人，1964 年出生于一个贫苦家庭，他命途多舛，2 岁时母亲就离世，他成了哀子，12 岁时父亲又去世，他便成了孤哀子。父母双亡，成了孤儿的他靠叔叔照顾长大，在极其困难的条件下，他上了中学后，就无缘再升学，只能自食其力，以打零工度日。1986 年，他萍踪浪迹，至当时的崇安县星村曹墩村任初中班的代课教师，后转星村中学继续代课，每月领几十元的微薄工资维持生计，他说："总算有口饭吃，我就可以一边教书，一边学习，一边练习写作。"

在这山乡中学代课逾十年，十年的艰难窘迫是常人难以想象的，只举一例即可窥见十年的凄风苦雨！他的挚友，星村中学的江良瑞老师深情地回忆了增官一个令人心酸的年夜！一年岁末，学校放寒假了，全体师生均回家过年，形单影只的增官老师却无家可归，在"爆竹声中一岁除"，万家灯火庆团圆的大年三十，他孑然一身登上白塔山，在寂寥的山庙中过年。庙中一位长老、一个老和尚和一个小和尚，此时此刻，来了他这个特殊的香客，小和尚特别喜悦，四个团聚，在青灯黄卷、晨钟暮鼓声中，送旧迎新，此情此景，怎能不令其刻骨铭心,终生难忘!

几年后,他写了《人间烟火》的小说,讲了一个动人的佛门故事,塑造了"我"和"矮矬子"的生动形象,揭示蒙尘的世人何以"洗面"以净灵魂。此作在名刊《十月》刊登。

梁启超说:"患难困苦,是磨炼人格之最高学校。"别林斯基亦云:"不幸是一所最好的大学。"十年的底层生活,十年的艰苦磨难,十年的人生体悟,为他上了一所最好的社会大学,获取了人生最宝贵的精神财富。

改革的春风吹绿了祖国大地,也给他这棵自喻的"小草"带来了勃发的生机。天生爱好文学的他此时已在各类报刊发表了不少文章。他的才气令他小有名气,为当时宣传部领导以"伯乐"的眼光所识,于1996年招聘他到武夷山市新闻中心,这成了他人生的转折点,为他打开了前所未有的新天地,他的人生自此迎来了新的曙光!他有了最适合自己的岗位,从事着自己热爱的工作,从而发挥自己的专长。有了这个平台,他充分施展自己的才能,奉献自己的力量,体现自己的人生价值。他也找到了自己心仪的人,成了家,有了妻儿。大概在这个时候,他参与创办《武夷山报》,继而创办《武夷山》杂志,他任副主编,具体负责编辑工作。他殚精竭虑,用心、用情、用功,把一个地方小刊物办得风生水起,独具地域特色,颇受读者欢迎!

几十年来,他如饥似渴地学习,夜以继日地写作,始写散文,后转写小说,发表各类文学作品两百多万字,出版散文集《阳光碎片》、小说集《活得比蟑螂复杂》,小说《人间烟火》载于《十月》,相继荣获四个奖,这使他声名鹊起。一位乡村中学的代课教师终逆袭为一位中国作家,岂不是一个奇迹!

他的一生与文学结缘，他为文学而生，为文学而活，亦为文学而终！令人遗憾的是，他为文学成了"拼命三郎"，长期的过度透支，成了他寿命短促的催化因素，使其生命定格在54岁。此时正是生命的盛年，也是他人生事业的巅峰期，正当他"会当凌绝顶"时，竟戛然而止，他的遽然离世，怎能不令人深感悲痛与惋惜？

他带着对亲人的牵挂，带着未竟的夙愿，带着许许多多的不舍，离开这个世界，给他的亲人、挚友，给喜爱他的读者，留下永远的怀念！

凡是认识增官的人，对他均有一个深刻的印象，个头不高，五官端正，面庞略见清癯，鼻梁上架着一副深度的近视眼镜，不很帅气，但很文气，富有才华，却显得谦和低调，从不张扬自己。举止谈吐，文质彬彬，温文尔雅，不卑不亢，身上没有一点傲气，内心却蕴含骨气与正气。

他是一位豁达乐观之人，可以说人世间的悲苦他悉数尝尽，然而，他不悲观厌世，更不怨天尤人，感谢新时代，积极入世，从容处世，以自己的不懈努力，改变命运对他的一切不公！

他是一个心无旁骛坚毅有恒的人，他到新闻中心，弹指间，就是二十多年，他成了元老级的编辑与记者。尽管，物换星移，人事更迭，他矢志不渝，一心一意办好报刊，奋不顾身地坚持业余写作，始终笃定前行。

他是一位性情中人，他喜交友，以文会友，以友辅仁。仅我所知，武夷山市文化圈的人士如金文莲、王长青、黄贤庚、邹全荣、聂炳福、陈枯朽、朱燕涛、袁仁荣等人，既是刊物的撰稿者，也是他的挚友与净友。

至于我与增官的相识、相知，难以一言以蔽之。我们俩人，有过从，但不甚密，虽交浅却能言深。前后八年的相交，几十次的见面，都是在书案前交谈，没有一次在酒桌上交杯换盏，两人只围于文字交集与精神对话,真是"草根"之交淡如水!

记得那是 2010 年 9 月的一天,从未谋面的他给我打电话,说要到我家中采访,我当即应约。翌日,他第一次,也是唯一一次到我家,我请他进了我的陋室,浏览我收藏的图书及杂七杂八的坛坛罐罐,他觉得有趣便询问了一些有关收藏的情况,喝杯清茶就走了! 临走时,他嘱我,可否为刊物写点东西。不久,他在刊物上发了一则短文,记叙了这件事。尔后,我应诺写了一篇《淘壶读壶札记》,首次刊登于《武夷山》2011 年第 2 期。往后几年,我成了该刊物的读者与撰稿者。

在这逼仄的山城,咫尺之隔,两人一年却只见面两三次,每次都是我到他的编辑室,他见到我总那么高兴,立即放下手头的工作,煮水沏茶,品茗论道,话题离不开文学、艺术。两人推诚相见,畅所欲言,直抒胸臆,尽管两人聊得兴致盎然,但时间之限,每次都意犹未尽地怅然而别!

一次,我们谈到作家与作品,凡是伟大的作家,都必有其代表作,如鲁迅的《阿 Q 正传》、郭沫若的《女神》、茅盾的《子夜》、巴金的《家》……

此次,我要告退时,他突然从橱柜里取出一本杂志说:"送给您,聊供茶余翻翻。"我一看是一本《中篇小说选刊·2013 年增刊(福建小说家专号)》,其中有他的一篇小说《玉碎》,我当即答应道:"谢谢,我带回家定细细拜读!"此本选刊,我一直珍藏着。

还记得在 2016 年 6 月,一日我来见他,那天他异乎寻常地高兴,难得喜形于色的他告诉我说:"加入中国作协的申请批下来了。"这是他第二次申请。我亦由衷地喜悦,站在我面前的已是一位名副其实的中国作家! 那天我们聊了很多,聊到关中这片热土盛出名作家,聊到柳青的《创业史》,聊到路遥的《平凡的世界》,聊到陈忠实的《白鹿原》，聊到贾平凹的《秦腔》及《废都》经历被肯定、否定、再肯定的艰难历程，还聊到贾大山，其人、其事、其作……

也是在那天，他欣然地告诉我："武夷这片神奇土地，人文底蕴太丰厚了，我正孕育着创作一部大红袍'三部曲'，无奈具体事务太多，腾不出时间静下心来写！"他无限感慨地说："若能像路遥一样写出《平凡的世界》那样的旷世之作，将终生无憾。"

2016年9月中旬的一天，我到编辑室，门却锁着，我问财务室的小肖，她说："增官生病了，眼疾，在家调息。"原以为他只是偶染微恙，几日即无虞。到11月下旬，我再到编辑室，门仍锁着，给他打电话却未接，给他发短信也未回，又不知他搬迁的新家在哪儿，令我忧心！直到2017年春节过后，我打听到他家的具体地址后，骑着自行车，赶到他家。他得知，十分高兴，从五层楼赶下来，迎接我，带我参观他的藏书室，尔后到并不宽敞的客厅，煮水沏茶。我见到他脸上有点虚浮，说："见胖了。"他说："医生让我吃点激素的药。"这天，我们聊到文坛寿星们的话题，谈到被誉为"文坛祖母"的冰心、人称"先生"的杨绛、拥有"汉语拼音之父"美称的周有光，他们在一百多岁还在写文章。他说："这些大家的人生高度与生命长度确实令人叹服！他们的著作等身是由生命长度叠加而成的。"

这天，他再次言及他的"三部曲"，且信心满满，说第一部已写了几万字。我怕叨扰久了影响他休息，即说："您一定要安心调治，待身体无恙后再说。"他回答："谢谢，会的，会的。"又要亲自送我下楼，直到巷口，谁能想到，此次告别，竟成永别，这怎能不令人泪涌？与增官见面的一幕幕，虽逝去，却难忘，此情此景如在昨日！

其人虽已殁，千载有余情。

一个人的生命有限,但一个人的精神无限,增官就是一个精神无限的人。他的躯壳走了,但灵魂未离,精神还在,他留存于世的 200多万文字永存!

呜呼!噫嘻!三年兮!

地上少了胡增官,苍穹多颗"文曲星"!

有感于春节慰问

每年春节来临的年终岁末,县市领导都会深入基层,到社会弱势群体和特困户家中探望慰问,为他们雪中送炭、驱寒送暖。电视屏幕上领导们的凝神目光,让特困者激动不已,热泪盈眶的画面体现了党和政府察民情、恤民生的爱民情怀,在老百姓心中荡起了阵阵涟漪。

可是,在往年,也可看到另一个场景,那就是领导们分别抵达已赋闲在家的某等级以上的领导家里逐个登门慰问,并送上慰问金。领导们的灿烂笑容,被拜访者的笑逐颜开,欢声笑语煞是热闹。面对这种锦上添花的画面,群众看了怎么也激动不起来。这种只讲官阶,只按等级,不问青红皂白的"一揽子"慰问,值得深思,值得探究,因为它并不科学,也不准确。从今往后,是否应改一改,雪中送炭的事多做,锦上添花的事,就少做或不做。对老干部而言,诚然,他们劳苦功高,功勋名劭,德高望重,这些老同志是党和人民的宝贵财富,这些人,岂不该慰问吗?对他们予以慰问,是完全应该的。然而,只按官阶划分,其中是良莠不齐的,个别城府极深,谙练权术,善打擦边球,在改革开放的进程中攫取特殊红利者,而今徜徉在豪华别墅里,优哉游哉,这种人,你也登门慰问,显然不该!因为在人民心中,这种人只能被人看重,永远不能令人们敬重,在人民心中,他是没有位置的。还要懂得,您送上千把元钱,对于他们中的有些人,只是他们财富中的沧海一粟,九牛一毛。他们是不屑一顾的,但对于特困者而言那就是千金,他们可过一个年啊!所以,对于被慰问者,在领导阶层,有人根本不在乎钱,只在乎有没有登他家的门;对于贫困者来说,不在乎有没有登他家的门,而在乎有没有为他们解决实际的困难,给他们实质性的帮助。

还值得一提的是,大凡有功之臣,是不会躺在功劳簿上居功自傲的,他们永远淡然处世;倒是那些无功受禄者,会斤斤计较,你要对他礼遇不周,惹他不舒心,他就有能耐想方设法让你更加不舒心,这可能就是有人要特别看重他们的缘由。所以,领导者必须自己站稳脚跟,挺直腰杆,像习近平总书记所教诲的那样——"打铁还需自身硬"。你自己一身正气,也就不必过多顾忌而去看重那些人了。

没有区别,就没有真理。良莠不齐,皆大欢喜的慰问,是庸政者的行为。其结果是失去慰问的意义,反而在人民群众中产生了负面影响。这样看来,就这么个慰问问题,还是有道道的,值得费周章,真正要把好事办好实属不易。

古玩之篇

淘壶读壶札记

前不久,闽北一市举办古玩艺术品交流会。我乃"老夫聊发少年狂",跟着藏友去"淘宝"。早上八点赶到那里时,市场里早已人声鼎沸,街道的摊点鳞次栉比,摊无虚席,熙熙攘攘的人群,比肩继踵,川流不息。一眼望去,光怪陆离的古玩,琳琅满目,俯拾即是,令人目不暇接。我抖擞精神,朝着摊点逐个扫描过去,可能是由于我功底不够的原因,半个晌午,均未见"眼前一亮"之物。当然也瞅见几件"见老"之器,可一询价,吓得我目瞪口呆,乏力的我,只好退避三舍。我沮丧地从地摊转遛到古玩店,逛了十多家后,终于在一家店的架上看见摆放着两把壶。一把是高提梁鼓式铜壶,器物完整,光素无纹,包浆莹润;另一把是点铜八面提梁锡壶,器物规整,刻工精细。八面中,壶流一面光素,其余七面,三面刻绘摘枝茶树图案,另四面各刻一句与茶有关的诗句,铜壶叫价 2000 多元,锡壶减半。我仔细端详,反复比较,再三斟酌之后,弃铜壶,选锡壶。缺乏城府,不善掩饰的我,被久经沙场的老板一眼看穿心思,说什么也不肯让价,反复强调,货真价实,你看适合就拿去,毫无商量余地,我心里嘀咕,古玩哪有一口定价,只好无奈地放弃了。出店之后,心里空落落的,我想今天就这么徒手而返吗?不,今天只好孤注一掷,破釜沉舟了,毅然转回去,再次进店,二话没说,只一句:"老板,壶我拿走。"赚了钱的老板十分高兴,竖起拇指,朝我讪笑说:"先生,你眼力真好!"被人多赚了钱,还遭了笑的我提着壶,走出店,不懊恼,不心痛,竟心满意足起来。这就是一位收藏爱好者,一介穷儒的古怪心态,你说阿 Q 吗?

过了几个时日，几位同好莅临寒舍闲聊，见到此壶，竟引起他们的兴趣，你言我语，评头论足，各抒己见，并问壶是怎么淘得的。我简述了过程，同仁们认为弃铜壶，选锡壶是上策，价也值，虽是锡壶，绝对不亚于一般铜壶。此壶周边均镶铜边，器物规整，精细雅致，独具匠心，曲尽其妙，气韵生动，这是一；二是现在市面上的锡壶——以酒壶为多，茶壶较少；以光素无纹者为多，六面形、八面形较少。如此图文并茂，具有文人之韵的，尤显珍贵，值得收藏。至于四面各刻一句诗句，组成一首小诗，对其内容，理解不一，各说一通，亦可说，不甚了了。镌刻的诗句是：

造当社前，龙团最小。

蟹眼常园，前凭午后。

小诗的诗意，我亦一知半解，为此，我特拜访了对中国茶文化卓有研究的黄贤庚先生，经其指点迷津，认真查阅了有关茶文化的典籍，现浅读如下：

"造当社前"意指春茶采制的最佳时节。社日，古时春秋两次祭祀土神的日子。立春后五戊为春社，立秋后五戊为秋社。王驾《社日》诗云："桑柘影斜春社散，家家扶得醉人归。"陆游《游山西村》诗云："箫鼓追随春社近，衣冠简朴古风存。"春茶在每年春天、惊蛰、春分、清明、谷雨四个节气之间采收。有明前茶、雨前茶。清明前采的为明前茶,谷雨前采的为雨前茶。社日,一般为惊蛰前几天,社日前后为采茶佳节。武夷山的金骏眉、银骏眉即为此时采制。

"龙团最小"指的是宋、元时期一种特制的龙凤团饼茶,这种茶饼,制作工艺十分复杂,要经过蒸茶、榨茶、研茶、过黄、烘茶等几道工序。精细的小型龙凤茶饼谓"小龙团"。据说龙凤团饼茶由当时福建转运使蔡襄督造,每年大量进贡给皇室宫廷。贡茶苑设在福建建瓯凤凰山一带,迄今武夷山的天游峰下尚存御茶苑景点。黄庭坚《阮郎归》云:"摘山初制小龙团,色和香味全。"苏轼《记梦回文二首》云:"红焙浅瓯新火活,龙团小碾斗晴窗。"宋徽宗《宫词》云:"今岁闽中别贡茶,翔龙万寿占春芽。"欧阳修《归田录》记述:"茶之品莫贵于龙、凤团……谓之小团,凡二十饼,重一斤,其价值金二两,然金有,而茶不可得。"茶比金贵,可见价值。史载:"洪武二十四年九月十六日下诏,上以重劳民力,罢造龙团,惟采芽茶以进。"由此"开千古茗饮之宗",龙凤团饼茶退位,散茶正式大规模地走上历史舞台。

"蟹眼常园",古人泡茶十分考究,燃火煮水,讲究沸点。茶圣陆羽《茶经》云:"其沸,如鱼目,微有声,为一沸;缘边如涌泉连珠,为二沸;腾波鼓浪,为三沸;已上,水老,不可食也。"这里说,煮水,分三沸。一沸太嫩,三沸太老,二沸最宜。明代许次纾之《茶疏》也说:"水一入铫,便需急煮,候有松声,即去盖,以消息其老嫩。蟹眼之后,水有微涛,是为当时;大涛鼎沸,旋至无声,是为过时;过则汤老而香散,决不堪用。"刘挚《煎茶》五言诗云:"饭后开都篮,旋烹今岁茶。双龙碾团饼,一枪磨新芽。石鼎沸蟹眼,玉瓯浮乳花……"苏轼《试院煎茶》云:"蟹眼已过鱼眼生,飕飕欲作松风鸣。"黄庭坚《戏答荆州王克道烹茶》

云："龙焙东风鱼眼汤，个中即是白云乡。"黄庭坚另有书法："风炉小鼎不须催，鱼眼长随蟹眼来。"

"前凭午后"，意指午休后为喝茶的好时刻，即下午茶。

作者竟用四句话，十六个字，就把古时采茶、制茶、泡茶、喝茶几个环节精辟地点明，言简意赅，画龙点睛。将文句镌刻在壶上，使之图文并茂，相得益彰，为壶增彩添色。可以说，这是一把没有匠气的艺术之壶。

当我读罢这把壶，深深地舒口气，此时此刻的我，心情特别惬意，因为，我为淘到此壶心满更为解读此壶意足，这就是一介书生的德性。我还用这把壶，泡上一壶茶，古为建州的"小龙团"，今为武夷的"金骏眉"，美美地喝上一杯。我轻轻地推开了小窗，和煦的阳光洒进陋室，室内盈溢着淡淡的清香，心旷神怡的我，忽然悟到一语：室在于雅，花在于香，茶在于醇，壶在于韵，一把具有文人韵味的壶，才叫好壶，名家之壶都有别具一格之韵。

　　这里，我又临窗遐想，古玩艺术品，真是一种特殊的商品，它既是物质的，也是精神的。一件艺术品，倘若你得到它，你仅仅把它看成是物质的，是值钱的东西，你千方百计拥有它，而且，奇货可居，操奇计赢，待价而沽，说白一点，你只是营业员；如果你得到它，珍惜它，珍藏它，把它藏于密室，永远秘不示人，那么充其量，你也就是一个保管员，然而，你把它看成是历史的，科学的，文化的，艺术的，国家民族的，人民公众的，你解读它、品评它、鉴赏它，那就是精神的，在不断的鉴赏中提升，你将成为一位研究员，不同的态度，不同的身份。这些感悟，不是我之灼见，也不新鲜，但却是千真万确的道理。试问，全国几千万收藏大军，能有多少人能做到，但愿人们都能在学习中提升！

　　　　　　　　　（本文原载于《武夷山》2011 年第 2 期）

两位将军题款的特制铜墨盒

铜墨盒警示面

铜墨盒本为文房品收藏中的小宗品种，然其独有的文化内涵和艺术成就，却引起藏界所觊觎。笔者亦是其中一位爱好者，有幸得到一方超大型的特制铜墨盒精品。墨盒长17.2厘米，宽9厘米，高6.6厘米。此墨盒型号特大，铜质精纯，做工讲究，錾刻精细，包浆莹润，一眼开门。所镌刻的文字厚重沉稳，寓意深邃，具有文化艺术价值外，还蕴含着深刻的政治内涵和时代特征。墨盒乃是冯玉祥和宣侠父两位将军题款的西北军特制军方纪念品。墨盒除了背侧和底面外，其他四面均錾刻文字，面上直书警示革命军施政纲领："我们一定要把土豪劣绅、贪官污吏扫除净尽，我们誓为人民建设极清廉的政府，我们为人民除水患、兴水利、修道路、种树木及做种种有益的事；我们一定要让人人有受教育、读书、识字的机会，我们训练军队的标准是为人民谋利益,我们的军队是人民的武力。总司令冯玉祥中华民国十六年六月西安。"正侧面,直书:"奸一女如辱我母,杀一夫如屠我父,盗抢者人头落地,脱逃者军法从严,助农者表彰奖励,扰民者收监不怠。总政治部主任宣侠父立。"右侧双线刻:"总理遗训、兴国大纲。"左侧双线刻:"联俄联共,扶助农工。"

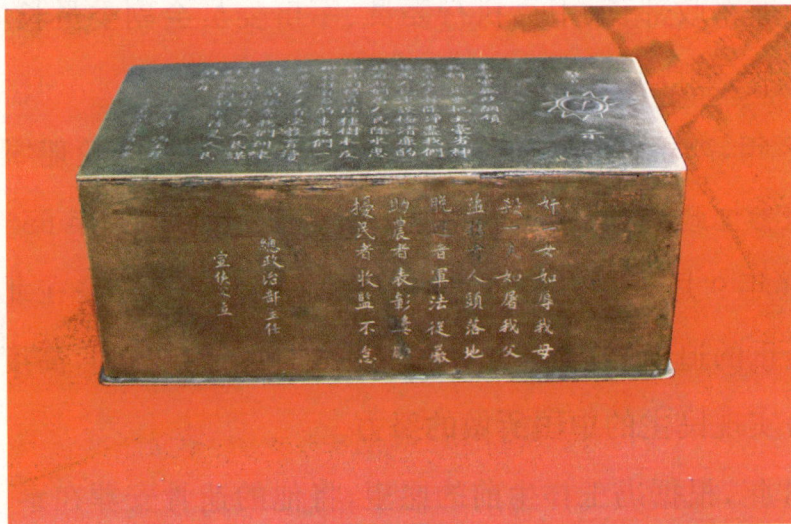

铜墨盒正侧面

要释解这方铜墨盒所蕴含的深刻内涵,必须解读两位题款者。讲起冯玉祥,当为大多数人所熟知,但谈到宣侠父,却就鲜为人知了。因为宣侠父是一位被尘封已久的人物,其实他是一位颇有影响且极具传奇色彩的革命历史人物。

冯玉祥(1882—1948),原名冯基善,字焕章,安徽巢县人,近代著名爱国将领、军事家、政治家。他少入保定练兵营当兵,后入袁世凯武卫右军,升任第二十管带。辛亥革命时,他与王金铭、施从云等共谋滦州起义,事败后被押解保定。辛亥革命后他任卫军团长,曾反对袁世凯复辟帝制,张勋复辟时率部入京讨伐。第二次直奉战争中,他发动北京政变,通电主和,组织国民军,任总司令兼第一军军长,多次电请孙中山北上主持大计。1926年,他赴苏考察,回国后被公举为国民军联军总司令。1928年,他联合阎锡山和李宗仁发动反蒋中原大战。1933年,他成立抗日同盟军,任总司令,多次击败日寇,收复许多失地,旋受蒋介石压制而辞职。冯玉祥历任国民政府委员、行政院副院长兼军政部长、中央执行委员、军事委员会副委员长等职,主张反对内战,坚持抗日,建立联合政府。

1948年,冯玉祥接受中国共产党的邀请,搭苏联轮船"胜利"号由美返国参加政协,不幸中途轮船出事于黑海遇难,时年65岁。

1949年9月,在冯玉祥遇难一周年之际,中共中央在北平为其举行了隆重的追悼会,毛泽东送了挽联,周恩来致悼词,高度评价了冯玉祥为实现民主的中国所做的努力。

1953年,根据冯玉祥生前的愿望,将他的遗骨安葬在泰山,并为其举行八百多人参加的盛大安葬仪式。毛泽东、周恩来、朱德等国家领导人送了挽联,郭沫若题写墓名,其墓志铭为1940年5月30日冯玉祥自题诗《我》:"我冯玉祥,平民生,平民活,不讲美,不求阔,只求为民,只求为国,奋斗不已,守诚守拙,此志不移,誓死抗倭,尽心尽力,我写我说,咬紧牙关,我便是我,努力努力,一点不错。"

冯玉祥戎马一生,由士兵升至一级上将,所部从一个混成旅发展成为一支拥有数十万人的庞大队伍,本人由一位旧军人转变为坚定的民主主义战士。历经半个世纪的战斗生涯,曾经沧海,忧国爱民,竭尽一生,冯玉祥精神是不朽的。冯玉祥墓1988年被公布为全国重点文物保护单位。

宣侠父(1899-1938),原名尧火,号剑魂,浙江诸暨人,为寒门子弟。1920年夏,宣侠父以总成绩第一名,自浙江省甲种水产学校毕业,公费留学日本,入北海道帝国大学水产专业学习,因参加留日学生爱国运动,于1922年被迫回国。

1923年,宣侠父在杭州加入社会主义青年团,不久转为中国共产党党员。

1924年,宣侠父考入黄埔军校第一期,进校三个月就因公开指责校长蒋介石破坏以党治军的制度而抗命不从,成为黄埔一期唯一被蒋介石开除的学员,名震黄埔,成为黄埔军校历史上最牛的学生,史称"宣侠父事件"。愤然离校的他在临行时掷地有声地留诗两句:"大璞未完总是玉,精钢宁折不为钩。"

1925年,经李大钊派遣,宣侠父到西北军冯玉祥部任国民军联军宣传处长。

1926年春,宣侠父任国民革命军第3路军总政治处处长。

1927年5月,宣侠父任国民革命军第2集团军前敌总指挥部政治部主任,领中将衔。后因冯玉祥拥蒋,宣侠父回诸暨开展农民运动。

1932年秋,宣侠父支持冯玉祥建立抗日同盟军。冯玉祥十分欣赏和佩服宣侠父的理论修养和雄辩才能,赞他道:"浙江出了个宣侠父,他的一张嘴,能顶二百门大炮。"

1933年5月,察哈尔民众抗日盟军成立,冯玉祥为总司令,宣侠父任该军中共前线委员会委员,军事委员会常委,兼二路军政治部主任,第5师师长。抗日同盟失败后,宣侠父与吉鸿昌等在天津组织"中国人民反法西斯大同盟"。

1934年3月,宣侠父介绍吉鸿昌加入中国共产党。

1934年夏,宣侠父奉调至上海,参加中共特科工作,为特科负责人之一。

1935 年，宣侠父化名宣古渔，到香港进行统战工作。他曾任中共华南工委书记。他还推动李济深、陈铭枢、蔡廷锴等组织反蒋抗日的"中华民族革命同盟"。

1936 年 6 月，李宗仁等发动"两广事变"后，宣侠父任重建的 19路军政治部主任兼 61 师参谋长。"西安事变"后，奉周恩来、叶剑英电示，他到西安红军联络处工作。不久，他到延安参加中国共产党全国代表会议。

1937 年 9 月，宣侠父被任命为国民革命军第 18 集团军高级参议。他在国民党高级将领中进行统战工作，并动员了大批青年去延安参加革命。

1938 年 3 月，宣侠父周密安排丁玲等率领的西北战地服务团，在西安进行抗日民族统一战线工作。由于他卓有成效的工作产生广泛影响，引起了国民党西安行营主任蒋鼎文的不安，劝他到法国留学深造。他正气凛然、斩钉截铁地回答道："山河破碎，民族危亡，国家正值用人之际，本人不敢奢求个人前途而置民族利益于脑后，还是等胜利以后再提此事吧！"蒋鼎文见引诱不成，软硬不吃，就罗列罪名，密报蒋介石。早就成了蒋介石"眼中钉，肉中刺"的宣侠父，终于为蒋所不容，下手谕："将宣侠父秘密制裁。"

1938 年 7 月 31 日，宣侠父在西安被国民党特务秘密绑架并杀害，时年仅 39 岁。

宣侠父，这个铁骨铮铮、英姿焕发、才华横溢正值如日中天之年的一代英杰，没有死在烽火连天的抗日战场，却倒在特务的枪口之下！

杀害宣侠父之后，屠杀者心惊胆战、毁尸灭迹、制造假象、千般掩盖,造成了一个宣侠父失踪之谜。

宣侠父遇害后,周恩来曾三次要求蒋介石追查宣的下落,蒋答复说:"宣侠父是我的学生,他背叛了我,我愿意怎样处理就怎样处理。"

时过 7 年后的 1945 年,中共"七大"召开时,中央为宣侠父举行了隆重的追悼会。

时过 13 年后的 1951 年 3 月,担任过戴笠的侍卫长和郑介民的随从副官的特务佟荣功被抓获,审讯中,佟荣功交代了 1938 年 7 月参加暗杀八路军西安办事处高级参谋宣侠父的罪行,宣侠父将军在西安神秘失踪之谜才彻底揭开。但又因涉及胡宗南与中共交往等历史秘密尚需保密,所以宣侠父之死一直未正式对外报道,宣侠父将军就成尘封已久的传奇人物。

这方铜墨盒诞生的时间是民国十六年,即 1927 年。冯玉祥将军于 1926 年赴苏联考察,得到共产国际和中国共产党的大力帮助,提高了他的革命理想。回国后,他重新组军,整顿军队,在绥远五原誓师成立"国民军联军",冯任联军总司令,宣侠父任总政治部主任。铜墨盒为两人分别题款的军中特制纪念品。它所体现的是孙中山"联俄联共,扶助农工"的革命理想;它所体现的是人称"布衣将军"的冯玉祥爱国爱民,心系民生,以民为本的治国理念;它所体现的是严明纪律,整饬军纪,强调纪律是军队的命脉,以教治军的精神。

这样一件革命文物,经历风雨如晦的年代,尤其是有宣侠父这样的革命人物印记的物品,迄今能完整无缺地保存下来,实属不易。这是一件弥足珍贵可当进革命军事博物馆的革命文物精品。笔者得到它,兴奋之余,觉得不应把它藏之于密室,应将它公之于众,让大家共析共赏。

(本文原载于《东方收藏》2012 年第 3 期)

千年古盏显风采　各领风骚竞风流

　　近年来,随着茶文化收藏热的不断升温,人们对建窑、建盏的认识亦随之加深,爱好收藏建盏者甚众,研究建盏者不少,为其操笔为文者亦不乏其人。当今,建盏的市场价格更是不断飙升,若是确有一眼的整器,均为难得,至于精品者,更是可遇不可求。

　　几十年蛰居武夷山下的我,恭逢盛世,岁月静好,清风明月,不经意间竟爱上瓷器收藏,故与建盏结下情缘。靠地缘优势,靠执着追寻,靠经年累月,遂集得黑釉建盏近百只。历经甄别遴选,逐只鉴验,还算幸运,真者为多,当然普品为主,上品者寥寥无几。即便如此,面对这些以真实的物质形式传承着我们民族上千年茶文化信息的物品,并能珍藏之,倍感欣慰,总想以感恩之心,写点鉴藏的心得体悟以谢先人,更谢当今这盛世时代。

钩沉史料　熠熠生辉

　　关于黑釉茶盏,史料茫茫,书之不尽,钩深索隐,撷其点滴,便可窥视其辉煌。陶谷《清异录》载:"闽中造盏,花纹鹧鸪斑点,试茶家珍之。"祝穆《方舆胜览》云:"兔毫盏出瓯宁。"蔡襄《茶录》试茶诗云:"兔毫紫瓯新,蟹眼青泉煮。"黄庭坚《西江月·茶》云:"兔褐金丝宝碗,松风蟹眼新汤。"苏东坡《送南屏谦师》云:"道人晓出南屏山,来试点茶三昧手,勿惊午盏兔毛斑,打出春瓮鹅儿酒。"僧洪云:"点茶三昧须饶汝,鹧鸪斑中吸春露。"杨万里云:"鹰爪新茶蟹眼汤,松风鸣雪兔毫霜。"陈蹇叔云："鹧鸪碗面云萦字，兔毫瓯心雪作泓。"宋徽宗赵佶《大观茶论》载："天下之士，励志清白，竟为闲暇修索之玩，莫不碎玉锵金，啜英咀华，较箧笥之精，争鉴裁之别。""盏色贵青黑，玉毫条达者为上。"《宣和遗事》载："政和二年……又以惠山泉、建溪异毫盏、烹新贡太平嘉瑞茶，赐蔡京饮之。"

以上引语，皆为文人雅士，骚人墨客，乃至帝王将相，对黑釉建盏的评点讴歌，隽语妙谛，虽片言只字，却有力地佐证了建盏在千年前的宋代，声名显赫，风靡一时，名满天下。

应运而生 时代宠儿

宋代在中国历史上算是一个比较特殊的朝代。论国力，宋不算强盛，长期与辽、金及西夏对峙，处在内忧外患的时代；论文化，两宋却是一个繁荣发展的时代，这是缘于在一代理学宗师朱熹倡导的内省理念影响下，构成以文人为导向的内敛社会，抑武扬文，理学与禅宗盛行。

作为中华民族文化代表之一的瓷器，宋代获得空前繁荣，名窑迭出，各窑系并存，黑釉窑系的领军者建窑至宋已发展到登峰造极的鼎盛期，其原因之一是当时特定的社会环境、社会风尚和文化审美取向。

到宋代，中国人的饮茶方式发生变化，唐代的煎茶到宋已改为点茶，在文人为导向的社会里，饮茶变得更加注重文化和品位，点茶、斗茶成为宋人最具特色的品饮方式。斗茶成为社会时尚，上自帝王贵胄，下至市井贫民，举国上下，各等人氏，均热衷于斗茶。

所谓斗茶，就是将茶叶制成半发酵的团饼茶，研成极细的粉末放入茶盏内，注入少量的沸水调成糊状，然后再注入沸水，用茶筅搅动，茶叶上浮，水面沸起一层白沫，泛起的茶沫聚集在茶盏口沿，一看汤色，二视水痕，茶汤色泽纯白者为上，青白、灰白、黄白者为下；茶的汤花久留不失者为胜，稍纵即逝者为负。

斗茶喜用白茶，黑白分明，显而易见。“茶色白，入黑盏，其痕易验。”建盏釉色特征就是绀黑，乃为最适宜的颜色，这是一。其二是从造型看，其形体是胎体厚实、坚致、口大、足小、底深、盏口面积大，便于观赏；足小、底深易于茶渣沉浮；胎厚不易冷却。蔡襄《茶录》云：“茶色白，宜黑盏，建安所造者绀黑，纹如兔毫，其坯微厚，熁之久热难冷，最为要用，出他处者，或薄或紫，皆不及也。”蔡襄这位“龙凤团饼茶”的督造官，真乃名副其实的茶文化专家，黑釉茶盏的知音，他条分缕析地阐述了建盏之诸多优点。建盏成了当时最适宜斗茶的佳器。

供御款建盏

应运而生的建盏，成了时代的宠儿，亦理所当然得到皇室的垂爱，专为宫廷烧制器底有“供御”“进盏”铭文之器，特贡宫廷之用。

顾名思义　各领风骚

　　建窑黑釉瓷器,因含铁量较高,在 1200 摄氏度以上的高温熔烧过程中,釉面上出现丰富多样的结晶釉,使釉面产生或圆点或条状的奇异花纹,变幻莫测,色彩斑斓,五彩缤纷,人们按其不同纹路的绚丽色彩,给他取各种生动、恰切、动听而曼妙的名字:兔毫盏、油滴釉、鹧鸪斑、曜变釉盏等名称,顾名思义。

金兔毫

银兔毫

灰兔毫

　　兔毫盏,釉面结晶釉为条状,即黑色釉层中透露出均匀细密的筋脉,十分像兔子身上的毫毛,故而取其名。又因其呈现毫丝色彩不一,人们又为其分名为金兔毫、银兔毫、灰兔毫等。

盏中珍品"条达者"

　　宋徽宗赵佶是一位顶级品茶专家,他是中国历史上唯一给茶写专著的皇帝,其专著《大观茶论》,书中对兔毫盏予以鉴评:"盏色贵青黑,玉毫条达者为上。""条达者"乃指毫丝均匀细长,清晰流畅。作为一只茶盏,能荣获皇上品鉴之殊荣者,唯建盏也!纵观历史,无盏出其右,这是建盏的荣耀,也增添了建盏的高贵身份及神秘色彩。兔毫盏成为建盏最典型、最大宗、最具代表性的釉色品种,甚至成为建盏的代名词。

油滴釉,釉面结晶釉为圆点,即釉面密布着呈银灰色金属光泽的小圆点,银光闪闪,形似油滴撒在上面,故而得名。油滴的形成,研究者认为,由于铁的氧化物高温下在釉面富集,冷却后以赤铁矿和磁铁矿的形成从中析出晶体所致。油滴盏,如黑夜星辰,闪烁耀眼,光彩夺目,数量极微,乃珍稀品,广受藏界垂青。

油滴釉盏

鹧鸪斑,在黑色的釉面上分布着大小不均的白色圆形斑点,黑白分明,十分醒目,其圆点极像鹧鸪鸟的斑点,故而得名,鹧鸪斑点釉盏,亦是建窑黑釉茶器中的极品,凤毛麟角,十分珍稀。

曜变盏,在黑色的釉层上结集着许多不规则的圆点,圆点呈黄色,浓淡不一,大小不等,其周围焕发出以蓝色为主的彩虹般的光圈,曜斑璀璨,似天宇上特殊的繁星,故而得名。曜意指光耀明亮,《诗·桧风·羔裘》云:"日出有曜。"由于曜变形成原理极为特殊,是在烧窑中由于温度、气氛不同而发生的变化,这种变化乃属偶然,如此"合于

天造"的艺术境界,论者均认为曜变非人力所为。这"天人合一",神
工鬼斧,出神入化的艺术瑰宝,其稀有性可谓举世罕有其匹。

同属黑釉,同出一窑,却产生各样纹路斑斓的茶盏,别具特色,各
有千秋,精釉纷呈,各领风骚,这是建窑独一无二的特色,建窑成为黑
釉窑系的代表,名至实归,当之无愧。如今所存珍稀品吉光片羽,均
价值连城。

东瀛国宝　华夏神女

建窑建盏历来为日本人所喜爱,曜变茶盏被视为"无上神品",据
云:迄今传世品仅四件,均被异国他邦的日本人所收藏。其中被誉为
"天下第一碗"的曜变天目,如今静静地躺在日本静嘉堂文库美术馆。
千年前的华夏窑工所创造,浓缩了民族智慧精华的神品,漂洋过海,
成为他邦异族的国宝。当然,在全球化时代,从文物为全人类所共享
的精神财富而言,中华文化能够在人类文明中大放异彩,我们应引以
为自豪和骄傲,然而,明明是中国人所创造的艺术瑰宝,理应为国人
所珍爱,为国家所收藏,而今却苍凉悲壮,凄美无限地屈居异邦,成为
他人之爱,思之,怎能不令人感到深深的遗憾!

遇林亭窑　古盏明灯

与建窑建盏有异曲同工之妙的武夷山遇林亭窑,乃建窑黑釉窑
系中的重要一支。它位于武夷山风景名胜区之内,星村镇燕子窠和
武夷镇的白岩村的交界地带。

1958 年文物考古调查发现遗址,1961 年被公布为福建省级文物保护单位。1998 年至 2000 年由福建省博物馆分两阶段进行发掘,窑址范围面积近 6 万平方米,发掘清理了宋代两座龙窑,其中一座长 73.2 米,另一座长 113.1 米,出土了大量宋代黑釉、青釉瓷器。专家说,大的一窑,保守估计,一窑产品可达 8 万件以上,可见其规模之大。发掘中,发现了一批"描金、银彩"的黑釉茶盏,专家指出,在福建同类窑址中属首次发现,其彩描内容包括山水、花鸟及"寿山福海"、"武夷山圆"等,解决了"描金、银彩"的产地问题。

遇林亭窑描金"寿山福海"银彩盏

遇林亭窑是中国古代以烧造茶具为主的窑场,这与武夷山茶文化历史紧密相关,它佐证了武夷山茶文化的悠久历史,蕴含着武夷山茶文化的重要历史内涵,是世界文化遗产的重要内容之一。中央电视台《国宝档案》栏目为其录制了专题节目,古盏明灯,声名远播。而今,窑址成为武夷山景区耐人寻味的重要人文景点,是武夷山景区一张重要的历史文化名片。

(本文原载于《武夷山》2012 年第 9 期)

抗战小笔筒　拳拳爱国心

抗战小笔筒（正面）

抗战小笔筒（背面）

　　记得多年前,我至同好之处的雅集见到了这只小笔筒,遂引起我注视,凝神端详,友人见状说:"若喜欢送给您了!"就这样,这只小笔筒玉立于我的案桌上近 20 个春秋。这是一件历史印记非常明确的民国抗战瓷,它具有独特的历史含义。笔筒口径 2.3 厘米,底径 6.5 厘米,高 11.2 厘米。正面为桃红彩绘山水人物纹。烟波浩渺、碧波荡漾、草长莺飞的渭河边,太公子牙,坐在舟上,泰然自若,悠悠垂钓。一幅江河锦绣、风景这边独好的画面映入人们的眼帘。笔筒背面大片空白处,从右到左,以蓝色彩料书写四个字"誓复国仇"。字画遒劲有力,挥洒自如,游刃有余。小小笔筒,历史风云,尽在其中。

抗战时期,景德镇窑、德化窑及各地窑场均生产了一批表达中国人民爱国情怀的抗战瓷,这类题材的瓷器大多用彩料直接书写上饱含爱国激情的抗战词句,借以唤醒民众,同仇敌忾,团结抗日,誓死保家卫国,表达中华民族救亡图存的决心。如题写"抗日救国、匹夫有责""勿忘国耻""誓雪国耻""读书救国""民族至上""抗战必胜"等铿锵有力的词句。笔者收藏的这只小笔筒,正是民国抗战时期,在烽火连天的抗战硝烟中,情绪激昂的景德镇窑工所发出的铮铮誓言:"誓复国仇。"拳拳赤子心,浓浓爱国情,跃然在目。

日本军国主义一直就觊觎着中国领土,他们从来包藏祸心,处心积虑,煞费苦心,寻找借口,发动战争;他们穷兵黩武,不宣而战,在中国国土上狼烟四起,攻城略地,视神州大地为他们的"王道乐土";他们肆意烧杀抢夺,给中华民族带来深重的灾难,试看:

他们发动甲午战争,逼迫落后腐败的晚清王朝签订了丧权辱国的《马关条约》,窃据了台湾全岛及钓鱼岛等所附属的岛屿。

他们蓄谋制造"九一八"事变,从此窃据了东三省。

他们又制造"七七事变",对中国发动全面的侵略战争。他们还进行了惨绝人寰的南京大屠杀。

　　历史事实，铁证如山，侵略者的枪炮声犹然在耳，侵略者所犯下的滔天罪行历历在目，罄竹难书。历史不能忘记，历史也永远不会忘记。

　　今日之中国，任人欺凌的时代永远过去了。已经站起来的中国人民完全有能力捍卫自己的领土。勿忘国耻，捍卫主权，自强不息，兴我中华，成了全国人民的共同心声。

　　这样一件具有鲜明时代特征，饱含爱国情怀的抗战小笔筒，其收藏价值则非一般笔筒可以比拟，它的政治内涵，历史价值，不言而喻，它永远警示人们，牢记历史昭示，不能忘记过去，要正视现实，亦要放眼未来。

（本文原载于《收藏快报》2012 年第 49 期）

说不尽的茶具

众所周知,中国是茶的原产地之一。茶文化历史悠久,源远流长。早在新石器时代的晚期,我们的先民就发现了茶叶,由此开始了茶的历史。作为茶文化的重要载体,茶具亦随之应运而生。茶具与茶文化共生、共存、共发展、共繁荣。茶具与茶一样,蕴含了极深的人文内涵。

早期的茶具以陶制为主。到了三千年前的商代出现原始青瓷,开始有了原始的瓷茶具。东汉晚期成熟的青瓷器诞生了,古人自然选择了陶瓷作为主要茶具,到唐代正式出现专用茶具。宋代,制瓷技术已达到炉火纯青,瓷器业获得空前繁荣,名窑迭出,各窑系并存。点茶、斗茶成为宋人最具特色的品饮方式,为适应这一饮茶方式,福建建窑的建盏成了声名显赫,风靡全国的名盏,作为五大名窑的茶具更是风光无限。

明初,皇上降旨,罢造龙团,"开千古茗饮之宗",散茶正式登上历史舞台,饮茶方式的大转变使茶具亦随之发生大变革,茶具变得多姿多彩,壶、盏搭配的组合茶具应时而生,一直延续至今。紫砂茶具也开始登上历史舞台,一出世,不仅茁壮成长,而且大显身手,大行其道,成为明清两代茶具的佼佼者。

茶界乾坤大,茶具天地宽,林林总总的茶叶,千姿百态的茶具,说不完,道不尽。

早期的茶釜、茶灶、茶罐,继而的茶杯、茶盏、茶托、茶船、茶碗、盖碗、茶盘、茶壶,还有储茶的茶叶罐、茶叶瓶、茶叶桶、茶箱、茶簏等。

茶具以壶为代表,壶以紫砂为胜。

壶从材质上分为陶、瓷、紫砂、金、银、铜、铁、锡、铅,还有玉石、木制、玻璃、搪瓷、塑料、不锈钢等。

造型上有圆形、方形、瓜形、梨形、葫芦形、桃形，还有钟形、斗形等。

工艺装饰上，紫砂有刻花、刻铭、堆贴、加彩、珐琅彩、炉钧等。

瓷壶在釉彩上分为青釉、白釉、青白釉、黑釉、红釉、蓝釉、青花、釉里红、釉上彩、釉下彩、粉彩、斗彩、五彩、珐琅彩、胭脂彩、广彩、浅绛彩、矾红彩、新粉彩等，各色各样，不胜枚举。装饰上还有刻瓷、开窗、雕漆、掐丝珐琅等各种工艺形式。

紫砂壶以独有的材质，独特的工艺，自成一路的风格，赢得所有茶人的格外垂青，紫砂收藏爱好者成千上万，缘于紫砂自身的优点，紫砂土质细腻，含铁量高，透气性和吸水性好，用紫砂壶泡茶，能把茶叶的真香发挥出来，不失原味，甚至隔夜不馊。所以，在实用功能上远胜于瓷壶，至于观赏功能上，则别具特色，各有千秋，精彩纷呈，各领风骚。

紫砂的收藏大有学问，除注意名人名作之外，尤其要注重文人铭壶。这些壶，融文学、书法、绘画、篆刻等诸艺于一体，清新雅致，别具一格之韵。

紫砂世界，包罗万象，形形色色，五花八门，古玩市场上，各色各样，琳琅满目，令你目不暇接。何谓化工壶、灌浆壶、手工壶、代工壶、工匠壶、技工壶、名师壶、大师壶？这些常识，必须在实践中就读，这样才能去伪存真，去粗取精。

瓷壶的收藏，要注意窑口与年代，明代和清"三代"之器的精品，如今市场已少见，一般收藏者难以企及。

晚清至民国的浅绛彩及民国细路粉彩瓷，这类作品集诗、书、画、印与精细的制瓷工艺完美融为一体。这些壶，胎质坚致，洁白细腻，造型端庄大方，釉色莹润，绘画装饰，构思严谨，线条遒劲，设色和谐，风格优雅，尤其以"珠山八友"为代表的景德镇艺术大师们的作品，开辟了陶瓷装饰与陶瓷绘画相结合的一代新风，这一艺术流派的作品，当属收藏者翘首之选。受他们影响熏陶，为数不少的中小名家之作，亦应归为值得收藏之列。

清中期青花花卉纹八棱形执壶

晚清粉彩龙凤纹提梁壶

晚清醴陵窑釉下五彩花鸟纹执壶

晚清錾刻花鸟纹铜提梁壶

（底刻有"庙湾灵官置"之铭）

　　不论是紫砂或是瓷壶的收藏，均应注意作者的艺术地位和作品的艺术价值以及器物的完整精美程度，以此标准，决定取舍。

　　我乃一介穷儒，考量自己的身份之后，对高雅的紫砂、昂贵的身份，只能仰视，不敢觊觎。所以我侧重瓷壶，就是瓷壶，也只能选晚清至民国一些小名家之作，缘由是：此类一是存世量较大；二是价格低廉；三是比较容易鉴别。十多年前，几十元即可购得一把，这正符合我辈爱好者。

民国粉彩瓜果纹执壶

茶与具乃并蒂之花，茶具与茶相生，茶具与茶并存，茶具与茶共荣。茶具世界，精彩无限，形形色色，万象森罗，琳琅满目，蔚为大观，应有尽有，美不胜收。

随着历史的步伐，将来人类更加文明进步，茶叶将更加繁荣发展，制茶方法更加科学，人们饮茶方式更加人文，茶具世界一定更加精彩，茶与具永远生生不息，茶叶万岁，茶具万年。

（本文原载于《武夷山》2012 年第 10 期）

碟子小佳器　梅花展精神

我步入收藏,寒来暑往,已近二十个春秋。在我林林总总、斑驳杂陈的藏品中,有四只小碟,它们不仅占据了陋室的重要位置,更重要的是,它们还占领了我的心灵空间,时时萦绕在我的心中,我亦从未忘却过它们,我不时地将它们请出,摩挲把玩,端详品赏,尤其寒冬腊月,梅花凌寒飘香时,我常常把它置放到案桌前,以饱眼福。

从造型看,它们仅仅是一些小爬器,从形体看只是小小的碟子。如此微不足道的小件,何以赢得主人的青睐? 当然,你若从投资的角度看,它们并不值钱,你藐视它们,它们就是"小菜一碟"。但从文化的角度上,你解读它们,认知它们,它们可是一笔不可小觑的精神财富,可谓是一盘"文化大餐",因为它们蕴含着深刻的文化内涵及丰厚的人文底蕴。

四只小碟(左图),粉彩梅花纹碟。底径4.2厘米,口径9.6厘米,高3.6厘米。内底面及侧面描绘各状的绽放梅花,花团锦簇,绚丽多姿。底铭"大清光绪年制"六字青花楷书款。碟子分别边题:独步早春、冷艳清芬、轻烟澹月,孤山处士。

底铭"大清光绪年制"

　　这里，且不斟酌推敲六字款，是晚清官窑或是仿官之器，也不论粉彩瓷是如何成为清代瓷器的主流品种，只说说紧扣主题纹饰的边题之含义，就足可让你费尽周章。

独步早春

独步早春，"独步"乃超群出众，独一无二。梅花为我炎黄子孙所喜爱，首先，就是因为它独步于春，是春天的先知。隆冬腊月，寒凝大地，生机肃杀，百花凋谢，万木萧萧时，梅花却屹然挺立，傲骨嶙峋，铁干横斜，绽放银花，踏着风雪报春而来了。梅花这种大无畏的精神和旺盛的生命力，永远赢得人们的喜爱，几千年来，人们总以美好的诗句吟诵它。"墙角数枝梅，凌寒独自开。""万花敢向雪中出，一树独先天下春。""春为一岁首，梅占百花魁。"

冷艳清芬

冷艳清芬，乃指梅的花容花香。梅花艳丽芬芳，然而，它是冷艳，是清香。就是说：其花虽艳，但它不是浓艳，更不是妖艳；其花虽香，但它不似夜来香、丁香之类浓郁刺鼻之香，而是淡淡的清香。这是因为梅花它是与霜雪结伴而来，那样的时令，那样的环境，分外清明、洁净。梅花笑迎新春，铁骨冰心，生机勃勃，凌寒飘香，花色冷艳，别样清芬。王冕《墨梅》云："不要人夸颜色好，只留清气满乾坤。"卢梅坡

《雪梅》云："梅雪争春未肯降,骚人阁笔费评章。梅须逊雪三分白,雪却输梅一段香。"

轻烟澹月

轻烟澹月,指的是梅花其神其状。隆冬腊月,一剪寒梅,独自绽放,从容淡定,淡泊名利,当冬去春来,万物苏醒,百花满园,"红杏枝头春意闹"时,梅花却追踪风雪,悄悄地独自离去,把满园春色留给大地,留给百花,留给人间。这时,人们不禁想起爱梅如痴的南宋诗人陆游。(据查,其一人咏梅诗词不下百首)其《梅花绝句(其二)》诗云:"高标逸韵君知否? 正在层冰积雪时。"《落梅》云:"雪虐风饕愈凛然,花中气节最高坚。"他甚至希冀"何方可化身千亿,一树梅花一放翁"。他的《卜算子·咏梅》下半阕:"无意苦争春,一任群芳妒。零落成泥碾作尘,只有香如故。"不禁想起了领袖诗人毛泽东,这位金戈铁马、纵横捭阖、叱咤风云的政治伟人,同时亦是一位"才华信美多娇,看千古词人共折腰"的伟大诗人。他的《卜算子·咏梅》更是诗情横溢,大处落墨。"已是悬崖百丈冰,犹有花枝俏。俏也不争春,只把春来报。"诗人眼里的梅花,悬崖一枝俏,傲对百丈冰,报春不争春。凌霜傲雪的梅花,其高风亮节,跃然在目。

孤山处士

　　孤山处士,系北宋诗人林逋之别称。林逋,字君复,谥号和靖,奉化人。性孤傲不阿,特立独行,为避世绝俗,结庐于西湖之孤山,传其二十余年足不及城市,终生不仕不娶,无妻无子,孑然一身,唯秉素志,只喜植梅养鹤,自谓"以梅为妻,以鹤为子",故称"梅妻鹤子"。终生以梅为妻的林和靖其咏梅诗句,可谓呕心沥血,倾注其身心之爱,其最为传神的诵梅三联:"疏影横斜水清浅,暗香浮动月黄昏""雪后园林才半树,水边篱落忽横枝""池水倒窥疏影动,屋檐斜入一枝低"。词句生动优美,妥切精当,尤其"疏影横斜""暗香浮动"句,令人拍案叫绝,成为千百年来咏梅之绝唱。

　　无独有偶,时至 20 世纪二三十年代,蜚声文坛的著名作家周瘦鹃先生,蒿目时艰,愤世嫉俗,投笔毁砚隐居于苏州,结庐"紫罗兰庵",终年陶醉其间,家有"梅屋""梅丘""寒香阁",蔚为一个梅花世界,自比为当年孤山上"妻梅子鹤"的林和靖。其所作梅屋即景诗句可为佐证:"冷艳幽香入梦闲,红苞绿萼簇回环。此间亦有巢居阁,不羡逋仙一角山。"孤山上旧有"巢居阁"乃林逋赏梅所在之处。所不同的是,此"孤山处士",得知中华人民共和国成立后,他心花怒放,下了孤山,敞开园林,其"紫罗兰庵",不再只是文人雅士、墨客骚人吟诗作赋、极一时之乐的场所,成了人民大众踏雪寻梅的好去处,亦成了国内外宾客游览参观的胜地。其本人,年逾古稀,精神焕发,兴会淋漓,沉浸文艺,写了许多脍炙人口的好篇章,留传于世,惠及后人。

一花一世界,一叶一菩提。

人生如局,人生如花。梅花向世人昭示了一个深邃的人生哲理:为人于世,应像梅花一样,积极入世,淡然处世,从容出世。倘若如此,你将获得一个"一尘不染香透骨,一身正气天界高"的清风杳然的美好人生。

(本文原载于《武夷山》2013年第1期)

案头奇葩话墨盒

刻铜墨盒,区区一盒子,它何时何因风生水起,风光无限,风靡一时?又何时何因偃旗息鼓,告别舞台,以致销声匿迹?而今又何以令藏界刮目相看,乃至视为珍宝?

轶事逸文　寻踪溯源

传说有个故事,在清乾隆年间,有位秀才进京赶考,要带上文房用具,而砚是石砚,十分笨重。秀才聪慧的小娘子,灵机一动,想到一个点子:将研好的墨汁倒进装好丝棉的粉盒内,让夫婿带上,既轻便又好使。此事传开,赢得一片喝彩。之后人们纷纷仿效。据考证,清嘉庆、道光年间,有人按天圆地方之规矩,正式制作出有天地盖的铜墨盒。光绪初年,京城有了制作铜墨盒的专业作坊。清末民初,墨盒作坊如雨后春笋,遍地林立,森罗万象,蔚为大观,如万礼斋、京明斋、古松斋、同古堂、义合成、明远阁、来薰阁、文古南纸店等,不一而足。《天咫偶闻》记载:"墨盒盛行,端砚日贱。宋代旧玩,不逾十金,贾人亦绝不识。士大夫案头,墨盒之外,石砚寥寥。"铜墨盒凭借其轻巧灵便,保持墨色滑润之优势,超越并替代了石砚,成为当时商界账房、私塾学堂必备通用之物。精制的墨盒乃成为文人雅士、豪门显贵竞相邀宠之物,亦成了馈赠友人的高雅礼品。《北京繁昌记》记载:"北京之墨盒儿与江西南昌之象眼竹细工及湖南之刺绣,为中国三大名物。"此时,刻铜墨盒,无限风光,蜚声海内外。

然而,好景不长,随着历史的发展,科技的发展,硬笔出现了,水笔很快就代替了毛笔,成为人们主要的书写工具。铜墨盒日渐式微,最后销声匿迹,退出了历史舞台。刻铜墨盒如瓷器的浅绛彩瓷一样,短短几十年,成为昙花一现,人称"最后的文玩"。

异彩纷呈　气象万千

刻铜墨盒,驰名古玩界,饮誉海内外,乃缘于其丰厚的人文内蕴及艺术风采。从一般的书写用具到案头的文雅摆设,从一般的工匠手艺到刻铜名家的艺术之作,再到文人参与,名家为画,名师操刀,浑然一体,惟妙惟肖,相得益彰,令人叹为观止。

刻铜墨盒,融錾刻、镶、磨工艺于一体,汇绘画、书法、诗词、印章成一器。各种字体,交互使用:钟鼎文、石鼓文、瓦当文、大篆、小篆、隶书、楷书、行书、草书等。

刻铜高手云集:陈寅生、张樾丞、张寿臣。书画名家有:陈师曾、刘春霖、齐白石、陈半丁、姚茫父、徐世昌、王雪涛等。书画名家与刻铜高手共同制作,妙韵天成。

刻铜墨盒,从材质看,有紫铜、黄铜、黄白铜、白铜,亦有纯银、镀银的,还有集紫、黄、白于一身的"三镶"工艺。

从造型上看,有圆形、椭圆形、扇形、方形、古琴形、书卷形等。

从大小尺寸看,有小到3厘米以内的袖珍型,大到16厘米以上的特大型,多种尺寸,不一而足。

设计新颖,构图巧妙,精彩纷呈,气象万千。

收藏要素　切记精品

铜墨盒的收藏,爱好者甚众。收藏者不可"一揽子计划",不辨真伪、不分粗细、不讲优劣、不加鉴别而肆意收购,一定要有"精品"意识。

何谓"精品"?"精品"就是指铜质纯净、品相完好、构图巧妙、刻工精细、画面亮丽的墨盒。

从铜质上看,有黄铜、黄白铜、白铜,其中白铜为优,还有"三镶"为一体的更为特殊。

品相好,指的是器物完整,包浆熟旧,乃旧如新。

刻工精细,指的是高手镌刻,刀法娴熟,用刀如笔,线条流畅,肆意挥洒。

墨盒精妙之处,要害之点,全聚焦于面上,绘画刻工,全集于此。高手所刻山水人物,花鸟鱼虫,金石书法,独具匠心,均在面上体现。

尤其要注重名品,名品者,一是名家所刻,二是名书画家所书绘,三是名人用过及收藏过的,四是有特殊纪念意义。特制的奖品或纪念品,倘若遇见,切不可轻易放过。

当然,若是绝品,那更是价值连城,可遇不可求。

精品、名品、绝品,收藏者,有缘相逢,切勿失之交臂,终身为憾。

谨奉几例　共析共赏

我亦是铜墨盒收藏爱好者中的一员,现将我收藏的几例,分享与同仁。

一、山水人物绞墨盒

山水人物绞墨盒

　　此墨盒长、宽均为 11.2 厘米,底及内胎均为紫铜为之。正面左上方竖刻:"跃门吾弟雅玩,万朝祯敬赠。"面上绘刻山水人物,远岫苍茫,山峦巍峨,大气磅礴,气势恢宏;近景古树萧萧,杨柳依依,芳草萋萋。画面中阁楼隐没,碧波荡漾,意境深幽,高人逸士,凝神远眺,泰然自若,一幅江山如画的美景。观之,令人赏心悦目,浮想联翩。这是一方赠送友人的定制雅玩,值得收藏。

二、文字刻铜墨盒

文字刻铜墨盒

此墨盒长 7.8 厘米,宽 5.5 厘米,高 4.5 厘米,底及内胎均为紫铜,双层,上下母子盒打开,下层上一端有两个可插笔的圆洞。盒面竖刻行楷:"华国文章在,风流仰盛唐,谪仙推内翰,工部擅诗场,思走雷霆锐,芒争日月光,序成金谷地,韵纪浣花堂。壬辰春偶录。"壬辰年,即为清光绪十八年(1892 年)。此墨盒铜质精纯,制作精巧,包浆古穆。尤其是刻者功底深厚,以刀为笔,刀工娴熟,所镌文字,端庄流畅,刚柔并济,自然洒脱,遒劲秀丽。45 个字,无一败笔,字字珠玑,熠熠生辉。这是一方典型的晚清墨盒之精品,实乃难得,值得珍藏。

三、椭圆形镀银墨盒

椭圆形镀银墨盒

　　此墨盒宽9.8厘米,长6.6厘米,高2.6厘米,外壳镀银,底及内胎为紫铜,盖内底嵌端石片,盖面左上方竖刻:"安齐吾弟清赏,芎亭持赠。"墨盒做工讲究,精致秀雅,银光闪闪,酥光四溢,耀眼夺目,画面上怪石嶙峋,劲竹婆娑。看到这画面时,人们不禁想起"扬州八怪"之一的郑燮《竹石》诗:"咬定青山不放松,立根原在破岩中。千磨万击还坚劲,任尔东西南北风。"看来作者就是凭借板桥这首诗立意创作的,墨盒画面,意境悠远,一刀一笔,娴熟精湛,圆转自然,遒劲雄健,干净利落,可以说,这是一方典雅精致,古意盎然,令人百看不厌,人见人爱的案上奇葩,值得珍惜。

四、金石文刻铜墨盒

金石文刻铜墨盒

此墨盒长、宽均为 4.8 厘米,呈正方形,底及内胎为紫铜,盖内底嵌端石片,外壳为黄白铜,面上堑刻金石文之吉祥语,制作精细,构图巧妙,布局得当,刻工不凡,线条流畅,包浆自然,系旧墨盒无疑,不愧为一方小巧雅致之品。关键问题是墨盒有个大名鼎鼎之落款:寅生刻。

有关寅生的逸闻颇多,撷其点滴,即可知其人、其事。谢崧岱《论墨绝句》载:"闻琉璃厂专业墨盒者,始万丰斋。刻字于盖者,始陈寅生茂才麟炳,通医,工书,自写自刻,故能入妙。近来效者极多,竟成一行手艺。"徐珂《清稗类钞》载："陈寅生,名麟炳。工篆刻,以手镌铜墨盒著名于同、光间,凡入都门购物者,莫不以寅生所刻为重,足与曼生壶并传。"《天咫偶闻》载："光绪初,京师有陈寅生之刻铜,周乐元之画鼻烟壶,均称绝技。陈之刻铜,用刀如笔,入铜极深,而底如仰瓦。所刻墨盒,镇纸之属,每件需润数金。"

由此可见寅生刻铜技艺之高,名气之大,所刻墨盒,竟可与曼生壶相提并论,等量齐观!当时人们入都门若能购到寅生所刻之墨盒,不惜"润资数金",其实更在于赢得心理上的荣耀与自豪。

正因如此,笔者所藏的这方墨盒,是否有如下三种身份?一是旧仿品;二是陈寅生之"万丰斋"作坊出品;三是陈寅生亲自操刀的真品。奈何笔者才疏学浅,藏识浅薄,孤陋寡闻,只能鉴别它是旧品无疑,至于是否为"寅生刻"真品,绝不敢贸然妄定,还须请鉴识丰富能洞察秋毫的行家,以寅生真品全面比对分析,才可为此墨盒验明正身,以定身份,此乃我之祈盼!

(本文原载于《武夷山》2013 年第 2 期)

铜镜之境

　　铜镜指用青铜制造的镜子,它是我国古代重要的日常生活用品,是照人容颜、正人衣冠的生活用具。我国古铜镜始见于齐家文化,历经商周、汉唐、宋元、明清,及至玻璃镜的产生、流行,铜镜才日渐式微,最终退出了人们日常生活的舞台。在这长达四千多年的时间里,铜镜在我国古代诸金属器物中沿用时间最长,使用范围最广,对人们的日常生活产生了广泛的影响。

　　古铜镜不仅是古人梳妆照面的生活用具,而且也是十分精美的艺术品,而今,成为人们所青睐的收藏品。这是因为铜镜本身是青铜文化的重要组成部分,它凝结了无数先人的智慧和血汗,蕴含了前人深邃的思想和感情。一面面五光十色的古铜镜虽远离了人们的日常生活,但依旧熠熠生辉。由于诸多因素,众多的青铜器被陶器、瓷器所代替,湮没于历史长河中。唯独古铜镜一枝独秀,长盛不衰,清新隽永,光耀千古。

　　铜镜,整个构体为镜形、镜面、镜背、镜钮、钮座、纹饰、铭文及边缘。

　　镜形,指镜的外形轮廓,其器形可分为圆形、方形、亚字形、菱形、葵花形、桃形、鼎式形,还有常柄形。

　　镜面,指可以用来照人容颜、正人衣冠的映像正面,洗磨后,光亮洁白,银光闪闪。

　　镜背,是指有钮和钮座的那一面,这一面最重要的是镜的纹饰和铭文。

　　镜钮及钮座,两者相连,位于镜背中央,钮有孔可以系绳,以便于手持或系在镜台上。镜缘,指镜的边缘部分。

铜镜的制造,须经选料、配料、图案的设计、制模、浇铸、热处理、刮削、研磨、开镜等复杂的工艺流程。

镜的命名,确切说,要确认每面镜子的名称,是一门深奥的学问,每面镜均有各自特定名称,其命名要么根据背面的图案,要么根据铭文,要么按其形状以及特殊工艺来命名。

古铜镜在我国经历了一个漫长的历史时期。专家们认为:新石器时期至商周是我国铜镜的萌发期;西周至秦代是我国铜镜的发展期;西汉是我国铜镜的繁荣期;三国、两晋、南北朝是我国铜镜的中衰期;隋唐是我国铜镜的鼎盛期;五代、宋、元、明、清是我国铜镜漫长的衰落期。

青铜镜之所以成为弥足珍贵的文化遗产,这是因为其制作工艺已达到炉火纯青的境界,出神入化,巧夺天工:其纹饰多种多样,浩如繁星,形形色色,美不胜收;其图案千姿百态,繁而不乱,简而不空;其铭文字体俊逸,笔力遒劲,韵味无穷。

一面面精美的古铜镜,器形端庄,形态美观,铭文丰富,图文并茂,古色古香,流光溢彩,灵韵翩翩,尽显中国青铜文化的至正精神,至高境界。面对如此艺术精品,怎能不令人为之顶礼膜拜,热切觊觎?

青铜器的收藏属于高等级的收藏,因为中国青铜器是被世界公认的顶级艺术品。青铜镜鉴藏大家冯毅先生说:"古人云,金石书画。金,也就是指青铜,是排第一位的,这是收藏的最高境界。"所以,他十分推崇收藏古代铜镜,他认为:中国古代青铜器是中国至今唯一可以称雄于世界的艺术品。之所以让世界赏心悦目,顶礼膜拜,那是因为它是永恒的艺术。他探骊得珠,条分缕析地指明"纹饰细如发丝却又彰显力度与层次的战国铜镜,雄奇与秀丽相融的两汉铜镜,圆雕和高浮雕达到极致的隋唐铜镜,都堪称工艺精湛,美妙绝伦"。

铜镜的收藏注重不同时期,不同品种。按年代划分,战国、两汉、隋唐时期为首品,宋金元为次,明清为末位;按大小分,超大型或袖珍型,即200毫米以上或50毫米以下较珍贵;按品种具体分,战国的山字镜、菱纹镜,汉代的规矩镜、神兽镜、画像镜,唐代的瑞兽葡萄镜、花卉镜、花鸟镜、人物故事镜、盘龙镜,均是镜之精品。还有特殊镜种,鎏金、错银、镂空彩绘、螺钿、金银平脱、贴金贴银亦为珍贵。收藏者倘若有缘相遇以上品种,千载难逢,应当机立断,切不可失之交臂,遗憾终身。

现展析一例,与大家共赏。

宋·福禄寿人物故事镜

此镜直径为18.2厘米,边缘为十六片花瓣形,包浆厚重,渗透绿铜锈,色泽古朴,绚烂多姿,图面上方制有一株苍劲的古松,枝叶茂盛,翁郁葱葱;左边一石门半开,一鹤探头门外,神态自若,无比生动;树下三位人物,一老者,鹤发童颜,长髯挽束,美髯飘逸,温文尔雅;两位美人,各捧鲜花与寿桃,亭亭玉立,风姿绰约;两人中间,小桥流水,桥上一只头顶长角的雄鹿,气宇轩昂,活灵活现。整幅作品为福禄寿人物故事图,寓意吉祥。令人遗憾的是因锈蚀斑驳,铭文已模糊不清。

元 · 至顺辛未铭镜

无独有偶,据有关资讯,北京故宫博物院收藏有一面定名为"至顺辛未铭镜"的元代铜镜,其图案纹饰与福禄寿人物故事镜完全相同,不同的是尺寸与边缘,更主要的是该镜铭文清晰,有一铭文为"至顺辛未志"这一确切年款。"至顺辛未"为元至顺二年(1331年),该镜可为断代之器,故定名为"至顺辛未铭镜"。

关于镜子,唐太宗李世民有句千古名言:"以铜为镜,可以正衣冠;以古为镜,可以见兴替;以人为镜,可以知得失。"寥寥数语总结归纳了镜有三种境界:铜镜,古镜,人镜。其不同功能:"正衣冠""见兴替""知得失"。真可谓崇论闳议,真知灼见,至理名言。三种镜各具功能,铜镜"正衣冠",古镜"见兴替",人镜"知得失"。"人镜"境界最高,价值最大,影响最深。唐太宗这独到精辟之论,来自于实践。初唐时,魏征曾任谏议大夫,他的职责就是对皇上"进谏",就是提出批评和建议。魏征恪尽职守,尽职尽责,数百次谏言,李世民虚怀若谷,诚心纳谏。魏征成为中国历史上敢于进谏的名臣,而李世民成为善于纳谏的明君。李世民视魏征为一面镜子,他说:"征箴规朕失,不可一日离左右。"魏征离世,李世民痛心疾首地说:"魏征殁,朕亡一镜矣。"

据说,有一回李世民问魏征:"人君怎样才能明察天下事,不至于被蒙蔽?"魏征答道:"兼听则明,偏听则暗。"此句亦成为千古哲语。唐太宗李世民就是善于利用魏征这面镜子,兼听则明,在位二十三年,开创了初唐盛世,成就了"贞观之治"。

李世民重视与善于利用"人镜",永远值得后人学习与借鉴,古人尚能如此,今人更应效之。古之哲人云:"知人者智,自知者明。"然而,实实在在地说,"人苦不自知"。一个人在一生中做到真正认识自己很难,这似乎是人性的弱点。这就必须善于"照镜子","身是菩提树,心如明镜台,时时勤拂拭,莫使惹尘埃"。在这纷繁复杂的世界里,善于拂去蒙在身上的灰尘,荡涤沉积心灵的污浊,淡去欲望,荡尽风烟,纤尘不染,洁净心灵。

大千世界,芸芸众生。现实生活中,因本心被贪欲蒙蔽,失智丧心者屡见不鲜,他们行止不端,知行不一,明是衣冠不整,却昂然自得,一身臭气却浑然不知。这说明,学会照镜子是何等重要。

伟大的时代需要伟大的精神,崇高的事业需要榜样的引领。新的时代,新的标杆,新的镜子。雷锋、焦裕禄、杨善洲、郭明义等,他们是时代楷模,是我们最好的榜样,是新时代最美最亮的镜子,他们就在我们身边,就站在我们眼前。我们每个人都应以他们为镜子,拂拭心灵,照见美好,弘扬真善美,传播正能量,心轻行稳,高山景行。

(本文原载于《武夷山》2014 年第 1 期)

温润如玉影青瓷

"影青"一词始于晚清，又称"隐清""映青""印青"等。"影青瓷"实际上是指宋代以景德镇湖田窑为代表烧制的具有创新意义的新产品——青白瓷。这种瓷器，它的釉色介于青瓷和白瓷之间，青中泛白、白中闪青，清澈透亮，质美如玉，光照见影，至晚清时人们生动形象地称之为"影青"。

《景德镇陶录》云："景德窑，宋景德年间烧造，土白壤而埴，质薄腻、色滋润，真宗命进御，瓷器底书'景德年间'四字，其器尤光致茂美，当时则效，著行海内，天下咸称景德镇瓷器。"景德镇由此而来，这个原名昌南镇的瓷器产地，因名字一改，且以帝号而名，景德镇就此声名远播，名震天下，确立了景德镇"千年瓷都"的地位。

景德镇早在唐代就已烧制青瓷，五代时期开始烧制白瓷，北宋早期始烧青白瓷。青白瓷的创新烧制，一扫千年来以青瓷为主的单调色彩，为元代青花瓷的成熟问世奠定了基础。

青白瓷的正宗窑口应为景德镇的湖田、湘湖、梅胜亭、南市街、黄泥头、柳家湾等瓷窑，其中湖田、湘湖为主要窑口。湖田窑是青白瓷最典型的代表品种，为此，成了影青瓷的代名词。

湖田窑创烧于五代，鼎盛于宋元，结束于明代中期，是目前发现我国陶瓷生产规模最大、延续烧造时间最长的一座瓷窑。其创烧的青白瓷胎薄、质坚、釉匀，细腻莹润，瓷化度较高，具有一定的透明度。人们以"白如玉，明如镜，薄如纸，声如磬"而形容之。影青瓷以冰清玉洁的莹润色泽赢得人们的喜爱，故有"假玉器"之美誉。宋人崇尚玉,玉器历来稀有昂贵,在玉供不应求的情况下,景德镇匠师创烧出美如玉的青白瓷,正适应了社会的时尚及满足了社会的需要。湖田窑成为宋代青白瓷窑系中的杰出代表,因而湖田窑址被列为全国重点文物保护单位。

专家们根据出土资料考证,已发现除江西省外,还有福建、广东、广西、湖北、湖南、贵州、浙江、安徽、江苏、四川、陕西、山东、山西、河南、河北以及东北地区的辽宁、吉林,西北地区的新疆维吾尔自治区及内蒙古自治区均出土了青白瓷。光福建就有 18 个县发现青白瓷生产窑址。闽北地区就有浦城、崇安、政和、光泽、建宁等县生产青白瓷。福建省成为全国生产青白瓷最多的一个省份。

以景德镇为中心的青白瓷窑系成了宋代全国六大窑系之首,其历史之久、规模之大、范围之广、影响之深,堪称罕见。

瓷器的收藏,故宫博物院的专家杨静荣先生明确指出应掌握的鉴定知识是:"断时代、识真伪、辨窑口、评价值。"就青白瓷的收藏而言,除识真伪外,辨窑口也尤为重要。由于窑场多、范围广,许多窑口难以区别,而一般窑口的青白瓷,其价值是不高的,唯有真正景德镇的湖田、湘湖等窑所烧的影青瓷,才是藏家们所觊觎的。由于科技手段的不断提高及利益的驱使,景德镇新的仿制品,不仅大量涌现,而且仿制得十分到位,一般的初入门者很难识其庐山真面目,而市肆中,古玩商人,开口闭口湖田窑,不论是各地一般窑口的青白瓷抑或是赝品,他们均以湖田窑真品而兜售。

鉴别景德镇窑口,首先从胎质看是否洁白细腻,胎体是否轻薄坚致;从釉色看是否光洁柔美,温润如玉;从纹饰看印、刻、划花是否清晰、自然、流畅;景德镇窑要用垫饼烧制,其盘、碗、碟类一个明显特征是底足内常见有赭红色垫烧饼痕迹，从中可洞察历史的印记、岁月的留痕，千载之器、古穆盎然。故而，看多了，见识广了，就不难鉴别其真伪。

下列试举几例与同好共赏。

一、影青划花碗

影青划花碗

碗高 7.2 厘米，口径 18.2 厘米，底径 5.2 厘米。器形规整，胎质细腻，胎体轻薄，釉色清白淡雅，青中泛白，白中闪青，晶莹碧透，温润如玉，包浆静穆，古意盎然；碗内划花，娴熟流畅，清晰自然，令人赏心悦目，沁人心脾。收藏者均知衡量一件物品的价值，主要看器物自身的艺术性和观赏性，此碗典雅亮丽，富有观赏性，统观整体，碗为景德镇影青瓷无疑，值得收藏。

二、青白釉斗笠碗

青白釉斗笠碗

碗高 8.2 厘米,口径 15.8 厘米,底径 5 厘米。形体像斗笠,俗称斗笠碗。此碗特别之处是底足比一般碗高,达 2 厘米。器形端庄浑厚,彰显亭亭玉立、卓尔不群之美。但从胎质、釉色、制作精细看,此碗只能拟定为一般青白瓷,为普通品。

三、青白釉刻花镶边碗

青白釉刻花镶边碗

碗高 7.2 厘米,口径 19 厘米,底径 3 厘米,为大号碗。碗内为刻花纹饰,所刻浪花,细如发丝,清晰流畅,如大海波涛汹涌,浪激排空,气势滔滔,蔚为壮观。碗的另一特色,碗口镶边。宋五大名窑之一的定窑,创造性地将烧制盘碗的单件匣钵置装烧法改为覆烧法,就是将单件匣钵改为垫圈组合匣钵,器物倒扣,口部朝下,用支圈隔离,层层相叠,故称覆烧。因系覆置,防止粘连,器口不施釉,这种盘碗为芒口。覆烧法在当时为创新,节约了材料,降低了成本,提高了产量,旋即被全国各地窑口所仿制。因为芒口,亦成了一缺陷,为皇室贵族所不喜,为了弥补这一不足,工匠们想出一招,在口沿部镶以金、银、铜等为装饰,经过二道工序,克服了缺陷,增添了美观,提高了器物的身价。然而,带来的问题是脱离了黎民百姓,镶金带银之器,布衣百姓是购置不起的,它只登豪门大户的高雅之堂。如今,收藏者若能遇到贵金属镶嵌的真品,那算缘分了!

(本文原载于《武夷山》2014 年第 3 期)

成化斗彩杯的前世今生

当今藏界大亨,上海收藏家刘益谦先生,可谓声名远播。2013年秋,他在美国纽约苏富比以 822.9 万美元,约合人民币 5037 万元拍下苏轼 9 个字《功甫帖》,而该帖的真伪之争,沸沸扬扬,在文博界掀起轩然大波,令世人迷惑! 2014 年 4 月 8 日,他又在香港挥手一举,以 2.8124 亿港元将玫茵堂珍藏的明成化斗彩鸡缸杯收入囊中,为中国艺术品拍卖划上翘楚符号,举世瞩目。

一只小杯拍到 2.8124 亿港元,又一次刷新中国瓷器的世界拍卖纪录。这是怎样的杯子,如此金贵?

何等圣器

要回答这个问题,追根溯源,须多说几句话。话说明王朝(1368—1644)276 年的历史,经历了 17 个王朝,16 位皇帝,然而却只留下了 14 座皇帝陵墓,明孝陵在南京,北京 13 陵,为何缺二陵?明代第二帝建文帝,皇太孙朱允炆,生死不明,死不见尸,自然无陵;另一位是明第七位皇帝朱祁钰,死前被降为王,死后没有进皇陵的资格,而安葬于西山,因而又缺一陵。这里让我们说一说其中这段历史。

公元 1436 至 1464 年的 29 年间,明代经历了正统、景泰、天顺三个王朝,三个王朝,却只是二位皇帝,这是怎么一回事? 1449 年,明英宗朱祁镇受太监王振的唆使而御驾亲征,被蒙古瓦剌军所擒而成了俘虏。皇帝成了阶下囚,这就是中国古代战争史上奇耻之败——

"土木堡之变"。

国不可一日无君,以于谦为首的主战派大臣,说服了太后,将英宗之弟朱祁钰立为新帝,并在"北京保卫战"中,军民勠力同心,击退了蒙古瓦剌军。蒙古人败退后,眼看继续扣压英宗已没有价值,便将英宗放回。然而此时他的弟弟朱祁钰已登上皇位并改年号为景泰,名义上尊兄为太上皇,实则让他过的是幽禁生活。至1457年,英宗经周密策划,乘朱祁钰病重之机,发动了"夺门之变",重新登上了皇位,改年号为天顺。

皇太子朱见深,即明宪宗成化皇帝,父亲被俘时只有虚龄三岁,太子位也被废了,待到父亲复位,再当上太子。他的幼年就在这内忧外患、风雨飘摇、皇室争权夺位的环境中度过。在这跌宕起伏的童年人生中,朱见深身边出现了一个传奇女人即宫女万贞儿。这是一个极富心机的女子,她比朱见深年长17岁,亦有说年长19岁的。她出身低微,原是专门侍候朱见深的侍女。她无微不至地关心、呵护年幼的朱见深,可以说,朱见深是在她的怀里长大的。万贞儿身上洋溢着年轻母亲的情怀,女性的温柔,熟女的魅力,深深赢得了朱见深的心,博得朱见深的宠爱。朱见深登上皇位之后,亘古奇闻发生了,他要册立万贞儿为皇后,后遭皇太后和大臣们的一致反对,才无奈封万贞儿为贵妃,她成了皇上的专宠。她独揽后宫的一切,皇上对她是百依百顺,言听计从。

中国的瓷器经宋的繁荣发展,元代青花瓷的出现,再到明代达到新的高峰期,永乐的甜白釉,宣德的青花,虽经正统、景泰、天顺三朝的空白期,到了成化朝,新创烧的斗彩器,设计精巧,画工细腻,色彩柔和,清新艳丽,其精致程度,为历朝历代望尘莫及,故世称"明看成化，清看雍正"。

据传，万贵妃非常喜欢斗彩小杯，为博得贵妃的欢心，成化皇帝亲自设计式样，下旨景德镇特制小巧玲珑、典雅别致的酒杯给宠妃饮酒把玩，这就是名震于世的成化斗彩鸡缸杯。

这只是传说，传说归传说，事实归事实。成化朝创烧的斗彩器确实存在，只是存世量极少，寥若晨星，吉光片羽，均价值连城。

何种特色

斗彩是成化时期创烧的新品种，它具有划时代的意义，在旧文献中，斗彩称"成窑五彩"。釉下青花和釉上五彩相结合，形成争奇斗艳的艺术特色。其制作程序是，先在制好的素器上，以青花勾画轮廓图案，施上透明釉入窑，在1200摄氏度以上的高温中烧成。然后在青花轮廓内，以红、黄、绿、紫彩料填绘，再次入窑在700至800摄氏度的高温中二次烧成。釉下青花与釉上彩绘，上下斗合，争奇斗艳，姹紫嫣红，交相辉映，尽显艺术魅力。因色彩柔和清艳，正符合朱见深柔弱的性格，成为皇上御用神品。

成化斗彩甫一问世就成了奇珍异宝，所以历朝历代均有仿制，有官仿官和民仿官之分。入清后，以康、雍朝仿品最佳，几乎达到以假乱真的程度。而成化斗彩器其绝妙之处，白釉细腻莹润，微微闪牙黄，衬托起五彩缤纷之色。专家说，成化斗彩其紫色彩釉，色浓而无光，这是成化斗彩的绝妙特色，是后世仿品永远无法仿效的。

几多传奇

　　成化官窑斗彩杯是勤劳智慧的中国窑工用心血创烧的精品。她位尊品贵，貌若天仙，国色天香，倾城倾国。可是她降世后，就如她原主人一样，命运多舛，跌宕起伏，岁月蹉跎。她以亲身的经历，不断地向世人诉说着她凄美而动听的故事。让人为之惊叹不已，感慨万千。

　　让我们听听下列几则传奇而真实的故事吧！这些故事，耐人寻味，其味无穷，去听、去品，你将感悟良多，获益匪浅。

　　2014年5月22日，中央电视台《国宝档案》栏目介绍了民国收藏大家邱震生的收藏人生，其中说到在1944年他于天津劝业场发现了一堆零碎文物，成堆而沽，他花了300元购下，其中就有一只成化斗彩杯。他捡了一个大漏，后来卖了一万二千元（日伪联合币）。他用这笔意外赚来的钱，与同仁合开了宝古斋。而宝古斋之匾额，如今仍熠熠生辉地悬挂在琉璃厂大街上，迄今成了琉璃厂的景观之一。

　　成化官窑斗彩杯，竟到了流落世间人不识、零碎旧物扎堆卖的境地。人们可想而知，那可是在日本侵略者的铁蹄下，神州陆沉、山河破碎、国将不国、民不聊生的1944年！

　　从小在琉璃厂长大的陈重远先生，其《古玩谈旧闻》一书中有篇《一本万利，成化斗彩杯话今昔》的文章，讲述了这么一个真实的故事。

　　1937年夏天，北京前门大街祥和货铺经理王殿臣回到山东老家黄县城里，一日走街串巷转悠，忽见一位中年妇女在门楼里梳头，小凳上放着盛皂角水的杯子，色彩艳丽，吸引他的眼球，他借故与该妇女拉家常，随手将杯子端起，细一看，外底有"大明成化年制"款，青色双蓝圈楷书款,杯外侧绘松鼠偷葡萄的图案,松鼠形象逼真,紫葡萄的颜色与真葡萄一样,鲜艳无比,不由心中一喜。他问:"大嫂,怎么还用皂角水洗头?"答:"皂角水洗头好,它不脏衣服不脏头。""你的杯子是多少钱买的?"答:"杯子是我家当家的外出捡来的。""你换一个大的新的杯子泡皂角水,这个小杯子卖给我好吗?"妇女一听,觉得奇怪,怎么要买这样的杯子,心想,懒得跟这不熟悉的男子罗唆,我喊一个高价,看

成化斗彩葡萄纹杯

他还买不买? 她说:"给我一块大洋,你就拿去!"当时,一块银圆可换四百六十个铜钱,普通杯子,几个铜钱就可买到。王殿臣一听,立即掏出一块银圆给她,心中窃喜,拱手作个揖,揣着杯子,立即离开。

回到北京后,王殿臣兴高采烈地与伙计们一道研究,大伙合计,一块钱买的,卖它八百元就可以了。因为署"成化"款的,历代仿品不少,够不够真"成化",也拿不准。第二天开门,鉴古斋经理周杰臣到店,见到这杯子,问杯子什么价。答:"八百元。""王二爷,东西我要了。"王殿臣愣了,没有见有这样买货的,要多少给多少,价都不还。看来自己是卖漏了! 徒弟们劝慰说,周杰臣,买缂丝是行家,买瓷器也是二把刀。心想,花一元钱,赚七百九十九元,心里也就释然了!

周杰臣买下杯子后,心里也有点打鼓。这回他是靠壮着胆子买的,他立即邀请比他眼高一筹的安溪亭、萧书农、范岐周共同给他掌眼。他们仔细观察后,说:"杰臣,你捡着了,是成化的,没错,起码可

定价 5000 元。"

上海卢吴公司的吴启周到北京后，知道杯子的来龙去脉，经讨价还价之后，以四千大洋成交，周杰臣过一手，赚了三千二百现大洋，这笔钱，当时，在北京可置一顷土地，也就心满意足了。

第二年，即 1938 年春节，从上海传来消息，吴启周将成化斗彩松鼠葡萄杯在美国纽约出售，价值达一万美元，从此留下"成化斗彩一本万利"的佳话。

再说成化斗彩鸡缸杯的故事，1949 年，香港收藏大家仇焱之先生，他曾被誉为"世界收藏古瓷的四大名家"之一，以他多年炼成的火眼金睛，捡了一个大漏，只花 1000 多港元便买了两只成化斗彩杯，一只是成化斗彩鸟果高足杯，一只是成化斗彩鸡缸杯。

1980 年，仇先生去世，他的后人将成化斗彩杯送香港苏富比拍卖。结果一只拍了 418 万港元，另一只拍了 528 万港元，刷新了当年中国瓷器的成交纪录。

成化斗彩鸟果杯，被大英博物馆收藏，而成化斗彩鸡缸杯，1999 年苏富比拍卖会上以 2917 万港币成交，再次刷新了当年中国瓷器拍卖纪录。

2014 年 4 月 8 日，这只鸡缸杯，在苏富比再次拍卖。以 2.8124 亿港元落槌，又一次刷新了中国瓷器的世界拍卖纪录。

成化斗彩鸡缸杯，是否成化皇帝亲自设计？是否宠妃万贞儿饮酒把玩的专用之器？杯上鸡的图案，有何寓意？就留给人们去评说吧。

成化斗彩鸡缸杯确实是中国瓷器之极品，它小巧雅致，胎质细腻，色泽柔和，清新艳丽，别具韵味，杯子高 3.8 厘米，口径 8.3 厘米，大口硕腹，形似小缸，画面是鸡的图案，故命名为"鸡缸杯"。

成化斗彩鸡缸杯

杯中的画面,大千世界,一派生机。牡丹、兰花、太湖石、纤纤芳草,母鸡带着小鸡争着啄食蜈蚣。公鸡昂首傲视,引领啼鸣,形象逼真,活灵活现,情趣盎然。

再说一说成化斗彩三秋杯。

2013年9月12日至2014年5月12日,北京故宫博物院在景仁宫举办了含金量极高的孙瀛洲捐献文物精品展,纪念孙先生诞辰120周年。

孙瀛洲先生是我国文博界杰出先驱之一,著名的古陶瓷收藏家、鉴定家。1949年后,他将自己精心收集珍藏的各类文物精品3300余件,全部捐献给故宫博物院。此次遴选出100件展出。

成化斗彩三秋杯

展品中最引人注目的就是成化斗彩三秋杯了。杯子画的是秋天的景色,秋季七、八、九三个月有"三秋"之称,故命名为"三秋杯"。杯子胎质特别细腻,胎体薄如蛋壳,里外透光。在秋高气爽的山石花草中,两只蝴蝶,翩翩起舞,神采飞扬,蝴蝶翅膀所施的是紫色彩釉,色浓无光,显现成化斗彩的固有特色。

孙先生之女孙文雨说:"这一对三秋杯是孙家的传家宝,是父亲花 40 根金条从古董商手中购得的。当时一根金条就能在北京买个院子,我父亲相当于用 40 个院子换了这一对杯子。"听了这一叙述,目视这对杯子,人们怎能不忆起这位赤忱爱国、无私奉献的文博大家? 怎能不对其表示崇高的敬意?

还有传说,这对杯子是当年朱见深皇帝下旨专门为后妃烧制的,共烧了 5 对,选出一对留下,其余 4 对全部毁掉,并处死了烧制的工匠,烧制的工艺就此失传,这对杯子就成了存世的孤品。当然,这只是传说。不过成化斗彩杯确为稀少,根据目前已知的存世量,鸡缸杯总数不超 20 只,大部分为各大博物馆收藏,而私人收藏家手中,一共 4 只,2 只在香港,1 只在日本,1 只在中国上海。三秋杯,只见故宫博物院这一对,可谓举世孤品。

明成化斗彩杯,最珍贵的,不是鸡缸杯,而是三秋杯,它举世独我,无出其右。至于故事的传说,也不是无中生有,众所周知,历代官窑器,御制之后,只供宫廷,不能流落民间,这是事实。

这里还要提及一点的是,成化斗彩杯,不仅是当下名震天下,价值连城。由于不同凡响的身世与高贵身份,自明以来就引人注目,备受推崇。明万历的《野获编》就说:"成窑酒杯,每对至博银百金。"郭子章的《豫章陶志》云:"成窑有鸡缸杯,为酒器之最。"《唐氏肆考》云:"神宗尚器,御前有成杯一双,值钱十万。"

清乾隆皇帝写有《咏鸡缸杯》:"朱明去此弗甚遥,宣成雅具时犹见。寒芒秀采总称珍,就中鸡缸最为冠。"

　　历史的长河，从昨天，今天，流向明天；人类的文明，从过去，现在，迈向未来。中华传统文化之瑰宝——成化官窑斗彩杯，定将千秋流世，万古长存！无论是过去，当下，还是将来，她将不断演绎着曼妙而动听的故事，让藏界为之震撼，令世人为之动容！人们可拭目以待！

（本文原载于《武夷山》2014 年第 6 期）

小杯的故事

凡世间的人都有其人生故事，大人物有大故事，小人物有小故事，物亦如此。眼前这只小杯，就有其跌宕起伏的悲伤身世，向人们诉说她那凄美而动听的故事，她的前世今生，她所演绎的友谊佳话，可谓曼妙而动听！

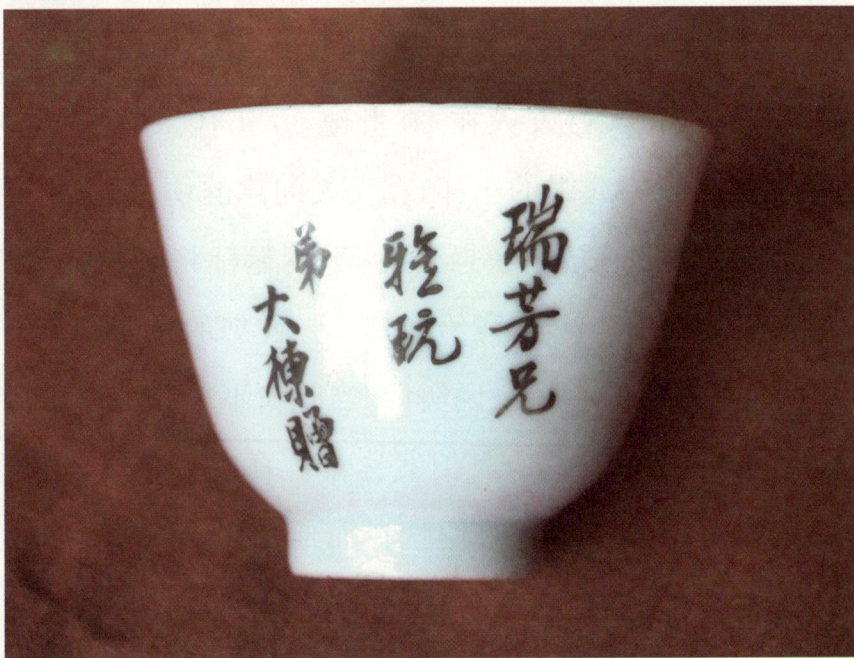

墨书款"瑞芳兄雅玩，弟大栋赠"

这只小杯，倘若把她视为古玩之器，那也是小得不能再小的物品，置于何处都难以让人"目中有物"。然而，这不起眼的小器，天生有一标志，即有一墨书款"瑞芳兄雅玩，弟大栋赠"。寥寥九字，令人"心中有物"，亦让它身价倍增，可说"小杯不小"！

在 20 世纪 90 年代末，我这位"百无一用"的寒儒，不谙世事，一生碌碌无为。可幸运的是，晚年的我恭逢盛世，岁月静好，不经意间，竟爱上古物收藏，玩起古玩来。再说我天生草根，与平民百姓有天生之缘。我与他们心照神交，所以古玩界的朋友特别厚待我。其中一位吴姓友人，建阳人氏，文化不高，可悟性灵敏。他曾穷得一贫如洗，一文不名的他在告贷无门之下，开口向我借钱，只敢开口借一百元，以渡难关。此君凭个人的天生悟性及不懈努力，而今不敢说他身价过亿，但说其千万家产，那是绝不虚言。就是此君，在三姑古玩街告白："做古玩生意我不敢说绝不蒙人，而对金老先生，今生绝不蒙他，蒙他于心不忍！"所以，我买古玩，假货不多，不是我有眼光，而是他们不忍骗我！又是这位吴姓友人在 20 世纪 90 年代末，在潭城古玩地摊上，他瞅见了这只不起眼的小杯，在无人问津的情况下，见有"瑞芳兄"字眼，心有灵犀的他立即联想到我，毫不迟疑将杯收入囊中。之后，他亲自抵我宅，说："金老，我给您带来一件您的东西。"打开一看，乃刻有"瑞芳兄雅玩"的小杯。说实话，当时我不敢相信自己的眼睛，如此奇缘巧合的事，怎能不令人拍案称奇？真是天下事，无奇不有！我当如获至宝，喜出望外，合手谢忱！而他却平心静气，诙谐地说："本来就是您的东西，是百年前，大栋弟赠予您的，如今，我只是偶遇，区区小事，举手之劳，何足挂齿！""没文化"的小吴竟玩起如此高深的文化游戏，怎能不让人刮目相看，感叹唏嘘？就此我成为此杯的主人。小杯，成了我心仪之物，珍藏着，时光流逝，一晃已是 22 个年头！20 多年来，我不时地取出，细细端详，我欣赏的不仅仅是器物，更多忆起的是友人的情谊，物之有价，友谊无价，这是小杯与此"瑞芳兄"的故事。

　　应说，水有源头，物有原主。此杯原主人，彼"瑞芳兄"的故事，当由其后人细细叙说！

印花纹饰

这里我想再说的一点是，我成了该杯主之后，于 1999 年初，鉴赏之后，曾写下小感言：此杯似为晚清及民国之器，印花纹饰，本应为一组或一套，现只剩一只，此器乃为馈赠之品而诞生，原主人应为身份不低人士，友人特定制而赠之，有墨书款佐证。至于佳器何时何因整体失散，以致形单影只飘零街头地摊？我想，是否因时代更迭，人世沧桑，家道不兴，人之式微，物当飘零……孤陋寡闻的我，是时，确不知杯原主人是何方人士。

几年后，乃知晚清至民国时期，武夷山确有一名茶企，号"瑞芳茶庄"，创建于 1899 年，创始人为江泰源先生。茶庄之名取于"瑞草吐芬芳"之意，地方志有载："饮武夷山茶，唯瑞芳上品也。""瑞芳茶庄"曾鼎盛一时，江家亦因茶而富，因茶而兴而富甲一方，扬名一时。

而今，江氏子孙，第三代传人江子彪先生，传承祖业，潜心问茶，承前启后，继往开来，2004 年成立瑞芳茶叶发展有限公司，如今有上等茶园基地千余亩，再开瑞芳茶号，再吐芬芳，茶人可期。

　　还是言归正题，"小杯"企望新主人、旧主人，或恻隐于我的好心，有道之士能合力帮我寻找失散的"兄弟姐妹"，他们中倘若还有健在于世者，让我暌离多年的亲人得以团聚，真乃功德无量，那才是我——"小杯"的真正期盼！

千峰翠色龙泉窑

龙泉窑是我国古代著名的瓷窑之一，因主产区位于龙泉市境内而得名。

龙泉窑历史悠久，源远流长，其创烧年代学术界历来有不同界定，有三国两晋说、南朝说、唐代说、五代北宋说。自 20 世纪 70 年代以来，浙江丽水地区新近出土的青瓷被推定为龙泉窑早期的产品，由此将龙泉窑创烧的"五代说"推进了 600 多年。龙泉窑的历史，新近的观点是创烧于三国两晋，发展于北宋，鼎盛于南宋，延续于元至明初，衰落于明中期，结束于清，尤其要提及的一点是，明初期曾一度为官窑制品。

龙泉窑是我国制瓷史上连续烧造时间最长、窑场分布密度最大、范围最广，且在国内外最具影响力的一个瓷窑体系。因其"青如玉、明如镜、声如磬"的特色而蜚声海内外。早在一千多年前，就远销海外，成为中外文化交流、海外贸易的友好使者而驰誉世界。

"要恢复祖国名窑生产，尤其要恢复龙泉窑和汝窑生产。"龙泉窑迅速得到发掘、继承、发扬，踏上了复兴之路。2009 年，龙泉青瓷传统烧制技艺入选联合国人类非物质文化遗产代表作名录，是全球第一个也是唯一一个入选世界非遗的陶瓷类项目，这是一项特别引以为豪的荣誉。

窑址，龙泉境内就有 300 多处，主要的著名窑址有大窑、金村、溪口三地。周边地区的云和、丽水、遂昌、庆元等地，江西境内以及福建闽北，成了瓷业带，瓷窑体系之庞大，分布范围之广，在我国陶瓷史上是十分罕见的。

　　器型,北宋时期主要烧日用器皿,如盘、碗、壶、钵、罐等。南宋之后,逐渐形成自己的特有风格,出现各种式样的炉、瓶、盆、渣斗和塑像。炉就有鼎式炉、八卦炉、鬲式炉、奁式炉;瓶有胆式瓶、鹅颈瓶、鱼耳瓶、凤耳瓶、五管瓶等;还有文房用具,如水盂、水注、笔筒、笔架、砚滴等;还有棋子、鸟食罐等,还出现了不少仿古铜器、玉器造型的器物,仿铜器的有鬲、觚、觯、投壶等,仿玉器的有琮式瓶,多式多样的造型,不一而足,千姿百态,异彩纷呈。

　　胎质,北宋早期,龙泉青瓷的胎体较粗厚,南宋时就较精细,胎色有白黑两种,白胎为主,白胎青瓷胎质细腻致密,白中泛青;黑胎青瓷胎薄釉厚,胎色灰黑,为龙泉溪口窑唯一生产的产品,所以,黑胎青瓷数量很少,尤为珍贵。

　　釉色,北宋时期施石灰釉,釉层薄而透明,釉色有淡青、青黄。南宋后施石灰碱釉,多次上釉,釉层厚,柔和淡雅,釉色为豆青、粉青、梅子青。粉青和梅子青的产生,遂使龙泉窑达到登峰造极的鼎盛期。

　　纹饰,常见的装饰有刻花、篦划纹、云纹、蕉叶、团花和婴戏纹等,南宋时常见装饰在盘内贴双鱼纹,盘、碗外壁模印浮雕式菊瓣纹。

　　龙泉青瓷,以古朴典雅、端庄凝重的造型,苍翠欲滴,颜如碧玉的釉色,坚致细密的胎质,流畅曼妙的线条,赢得了人们的青睐。一件精美的龙泉青瓷,好似一位天生丽质、玉洁冰清的美女,她纯净无瑕,包容含蓄、大方耐看,极具东方神韵,让人百看不厌。

　　据说有一位特别钟情于龙泉青瓷的收藏家,对自己心仪的藏品,每晚睡前一定要瞧一瞧,摸一摸,再就寝,否则就夜不能寐,请看,这是何等的魅力!

　　还传说日本的一位收藏家,视龙泉青瓷如自家性命,在一次发生地震紧急逃难时,他什么都不顾,唯独抱着他心爱的龙泉窑八卦炉往外逃,试想,这又是何等的身价!

　　笔者亦是一位龙泉青瓷的爱好者,几年来的寻寻觅觅,有幸获得几件算不上精品,却乃为真品,现展析如下:

一、龙泉窑菊瓣纹碗

宋·龙泉窑菊瓣纹碗

　　碗高 7.3 厘米,口径 16.8 厘米,底径 4.6 厘米。其胎质坚密,造型端庄、秀美,石灰碱釉,釉层肥厚,釉色纯正,温润柔和,肃穆优雅,若隐若现的菊瓣纹,飘逸灵动,疏朗俊秀,古朴典雅。

二、龙泉窑青釉盖罐

元·龙泉窑青釉盖罐

盖罐高16.6厘米，口径9.8厘米，底径8.3厘米。罐子成对，完整如新。直口，短颈，溜肩，鼓腹。胎质细密坚致，釉色青绿肥厚，纯净秀雅；形体饱满敦厚、凝重自然，加上精致优雅的盖子，显得更加端庄精美、典雅俊秀。罐外底及盖内未上釉，其自然的火石红，十分显眼。

尤其可贵的是一个盖子内墨书"戊申岁"纪念款。"戊申岁"为元至大元年，即公元1308年，倘若再推一甲子，就是1368年，为明洪武元年。

总之，这是一件元代时期的标准器，可作为断代参照器，极具研究价值，十分珍贵。

三、龙泉窑划花塔式盖瓶

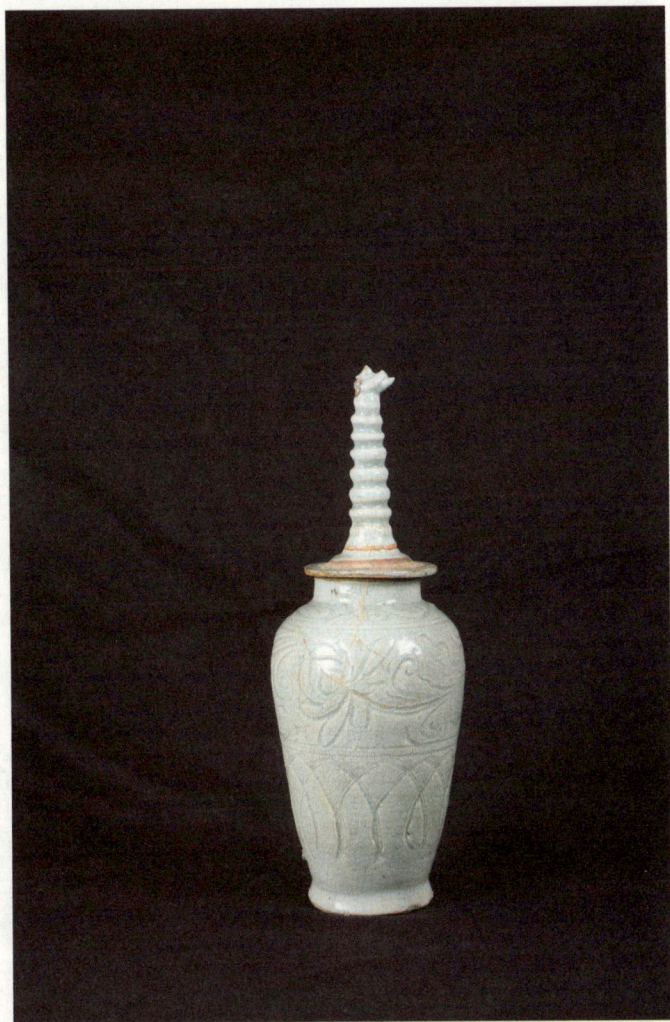

元·龙泉窑划花塔式盖瓶

　　盖瓶高 39 厘米，口径 10 厘米，底径 9 厘米。直口，溜肩，深腹，圈足外撇。划花纹饰分三层，底为复线莲瓣纹，中为蕉叶纹，上为花卉纹，圈线隔开。线条挺拔遒劲，清晰流畅，潇洒自然。其突出特色是瓶盖为塔式弦纹凤首纽，昂首挺立，气宇轩昂。此种造型，十分奇特，难得一见。这是一件设计精妙、形体恢宏、别具一格的器物，值得品赏。

（本文原载于《武夷山》2014 年第 7 期）

品茗论道话盖碗

时代在发展,人们的生活在不断变化。当下,品茗论道已成为一种社会时尚,茶不再只满足人们的生理需要,而是上升到满足人们精神生活的文化享受。在品茗论道过程中,人们讲究的是茶叶、茶水、茶具和茶艺。茶叶质量的好坏对饮茶者来说,不言而喻,这是首要的;沏茶是讲究水的,甚至有人说,三分茶,七分水;至于茶具,人们也是讲究的,不同的茶具泡出的茶水、感官、口感是不一样的。为此,什么茶用什么茶具,依茶选茶具,也是有讲究的,大体而言,茶具划分为紫砂茶具、玻璃茶具、陶瓷茶具。

紫砂茶具是茶具界之翘楚,这是缘于紫砂茶具得天独厚的特有材质,含铁量高,透气性和吸水性好。用紫砂茶具泡茶,不夺茶香气,又无熟汤气,能把茶叶的真香气发挥出来,不失原味,隔夜不馊,甚至使用时间长的空壶在注入沸水后还有茶香。最适合紫砂茶具的是黑茶、乌龙茶,如武夷岩茶、大红袍、冻顶乌龙这类;最适宜玻璃茶具的是绿茶、黄茶、白茶,用玻璃杯冲泡的绿茶,特别清新,玻璃茶具更直观,人们可以直接看到绿茶在杯里上下浮沉,鲜活绽放;陶瓷茶具是茶具界的大宗品种,这里,只论陶瓷茶具中一种构图别致、式样典雅又别具特色的高雅器具——茶盖碗。茶盖碗包容性大,适应性广,它适用于泡各种的茶。

茶盖碗,一式三件,一托、一碗、一盖。盖呈碟形,有圈足为提手,碗为大口小底,低圈足,托为中心下陷的一个浅盘,其下陷部位与碗底吻合,盖的作用一是防止灰尘落入碗内,起了有效的防尘作用,二是可保温,利于茶叶渗发,又可于饮茶时拨浮飘茶之用;托以承盏,喝茶时手承托,以免烫手。三者为一,设计巧妙,式样新颖,典雅别致,令人赏心悦目。

茶盖碗(一式三件)

茶盖碗源于何时,迄今无定论。至于盏与托自东汉以降,正式瓷器诞生后,似乎就有盏与托。到清代康雍乾时期,盖茶碗成为清代最盛行、最具代表性的陶瓷茶具,尔后,从京畿流行至各地,至今盛行不减。人们可以在各地茶馆、茶室、厅堂看见。

下页图为民国时期的一对茶盖碗,盏外底有"丽华瓷业公司"红彩六字款,为民国时江西一瓷业公司出品的产品。三件套,组合规整,构图优美,设色清丽,胎质坚密细腻,胎体轻薄,里外透光,没有瑕疵,光洁可人。为花鸟图案,两只鸽子,盘旋于盛开的菊花之间,展翅飞翔,生动传神,托、盏口边镶金彩,鲜艳夺目,可谓佳器,此类茶盖碗,值得收藏,亦可说,保值无忧,升值有望。

民国时期的茶盖碗

自清代以来景德镇大量生产的茶盖碗,式样基本一致,可画面图案和色彩却百花齐放,五彩缤纷,其画面常绘人物山水,花鸟及显示多种吉祥的图案,色彩却五光十色,如青花、五彩、斗彩、珐琅彩、粉彩、釉里红、单色釉等。

茶盖碗,值得一说的是,其造型、式样的独有特征给人们以深刻的哲学含义。茶盖碗,一式三件,下为托,中为碗,上为盖,人们给予此盖碗一个富有哲理的名称,叫"三才碗"。三才者,天、地、人也。盖在上,乃为"天";托在下,乃为"地";碗居中,乃为"人"。天地人,三才同一,"天地一体""天人合一""心物一源"。区区一茶具涵盖了苍茫无限之宇宙,蕴含了古代哲人"天盖之,地载之,人育之"的深邃的哲学理念,给人以无尽的遐想。

"天人合之"原为道家思想,庄子有明确的阐述,汉代董仲舒发展成"天人合一"的哲学思想体系,成了人们认识自然的核心思想,被置于六经之首的《周易》把"变"作为宇宙的普遍规律,其变化产生阴阳,据阴阳建立六十四卦,《序卦》云:"有天地后有万物。"把"天地"作为一种自然现象。《乾卦·文言》云:"与天地合其德,与日月合其明,与四时合其序。"四季交替,草木枯荣,这是正常的自然法则,终则有始,始则有终,循环往复,以至无穷。

人类按照自然规律,一年四季,春夏秋冬,春种夏锄,秋收冬藏,照应日月辰星,四季交替,人与自然须合拍,同节奏,昼夜交替,潮起潮落,花开花谢,斗转乾坤,物换星移,均随自然节奏而运行。国学泰斗季羡林先生阐释:天,就是大自然,人就是人类,天人合一,就是互相包容,合成一体。他强调,人与自然要和谐,人与人要和谐,人自身也要讲和谐,自我和谐是人的最高境界。

说到茶盖碗,人们时常可以看到这样的镜头,在优雅别致的厅堂上,一位儒雅之士左手擎着托,端着茶盏,右手轻轻地揭开盏盖,端于鼻前,嗅一嗅,闻一闻茶香,再拨一拨盏中之浮叶,浅浅地酌上一口,温文尔雅之姿态映入人们的眼帘,禅茶一味,洗心涤尘,生命在这诗意般的时空中怡然度过,这是何等的舒心、美好与惬意!

(本文原载于《武夷山》2014年第12期)

文房四宝　雅韵流芳

在漫长的历史岁月里，笔、墨、纸、砚是中国人必不可少的书写工具。千百年来，人们用它们生产记事、商贸交流，用它们寄送家书、传递亲情，用它们书写文章，传诵千古，用它们绘写字画，昭著华夏文明。在中华文明史上，构建了一座座神圣不朽的艺术殿堂。

文房四宝　砚之领衔

笔、墨、纸、砚俗称"文房四宝"，实际其特指湖笔、徽墨、宣纸、端砚。

笔作为古代文房书写、绘画的主要工具，对中华文化的传播、文明的传承做出了卓越贡献。相传，秦朝大将蒙恬在浙江湖州善琏隐居时"用枯木为管，鹿毛为柱，羊毛为被"发明了毛笔，由此肇始了2000多年的制笔历史。湖州之笔也赢得"冠天下"之美誉，入选第一批国家级非物质文化遗产名录。

墨始于东汉，徽墨则产生于唐末，墨的原料主要取之松烟，皖南地区丰富的松树资源和山区环境特别适合于制墨，徽州遂成为全国制墨中心。一千多年来，徽墨成为中华文化的一个符号，成为墨的代名词。徽墨色泽墨润、落纸如漆、纸笔不胶、经久不褪，有"拈来轻、磨来清、嗅来馨、坚如玉、研无声"的文化内涵，可谓"一点如漆，万载存真"。

纸是我国古代四大发明之一。公元105年，蔡伦总结前人造纸经验，并采取树皮、麻头、破布、旧渔网为原料造纸。《后汉书·蔡伦传》载："自古书契多编以竹简，其用缣帛者谓之为纸。缣贵而简重，并不便于人。伦乃造意,用树肤、麻头及敝布、鱼网以为纸。"至于宣纸亦有千年的历史,是我国艺术传承的重要载体,它是以青檀皮为主要原料,以沙田稻草为配料制造而成的一种特殊的纸,其主要优点是润墨特性好,腻滑如凝脂,运笔不涩笔,是创造千年书画艺术精品的主要用纸。

砚台是"文房四宝"中产生时间最早,历史最为悠久的一个。"研者,研也,可研墨使和濡也。"我国砚台已有 5000 多年的历史,从新石器时代的"研磨器"到秦汉时代的"研",再到唐宋以降的"砚",及至元明清时期的繁荣鼎盛,历久弥坚、经久不衰。

"文房四宝"中,笔不能耐久存放,纸置之则酥脆,墨久陈失去胶性易碎散,唯砚台坚固温润,经千载而永存,传百世而不朽。砚台取天工之造化,经能工巧匠独具匠心的巧妙设计、精心雕刻,赋予了奇石以生命,彰华夏之文明。古往今来,砚台备受历代帝王、文人雅士所推崇,并为历代收藏家列为首选。

"武士爱剑,文人爱砚。"砚成了文人学士的亲密伴侣,有"一日相亲,终生为伴"之喻,历史上常有爱砚成痴的逸闻如"东坡无田食破砚""蔡襄视歙砚如和氏璧""米癫巧取御砚"之类。

四大名砚　端砚为首

四大名砚,国之瑰宝。追溯历史,四大名砚,其内涵在宋代之前与宋代之后是不一致的。宋代之前的四大名砚是端砚、歙砚、洮河砚和红丝砚;宋代之后,山东的红丝砚因过度开采,石脉竭尽,被澄泥砚所代替,故四大名砚为端砚、歙砚、洮河砚和澄泥砚。端砚,始于唐朝武德年间,迄今逾 1300 年。端砚产于广东肇庆东郊的斧柯山西麓岭羊峡端溪一带,肇庆古属端州,故以此处石料雕刻的砚,称端砚。

端砚自唐初问世以来,就一直备受历代帝王将相、文人学士之青睐。宋代以来,就一直被推崇为"四大名砚"之首。

歙砚始于唐开元年间,其产地主要在安徽的歙县、祁门、婺源等地。相传古婺源一位叶姓的猎户在追逐野兽时,望见垒石成城,晶莹光洁,十分好看,遂取回一块琢成砚台,其后人将此砚献给当地县令,县令见状,惊叹不已,于是就命一位叫李少微的名匠精心雕琢。歙砚从此声名鹊起。尔后,声名远播,身价十倍。

歙砚有不同的色泽和纹理,有的是点滴散开,有的以条状排列,有的曲折变换,真可谓姿态各异,精彩纷呈,尤其以罗纹、眉子、金星、银星等色泽和纹理之特色闻名于世。

龙尾歙砚是歙砚中的上品,石色黝黑、纹理缜密,质地细腻,温润如玉,发墨如油,呵气成水,研磨尽细无声。"多年宿墨,一濯而莹",是说歙砚经年之用,墨膏积凝,却能涤之立净。苏东坡有诗云:"罗细无纹角浪平,半丸犀璧浦云泓。"黄山谷有诗云:"日辉灿灿飞金星,碧云色夺端州紫。"蔡襄有诗云:"玉质纯苍理致精,锋铓都尽墨无声。相如间道还持去,肯要秦人十五城。"竟将龙尾歙砚和和氏璧等价齐观。

歙砚开采 300 多年之后,由于过度开采,坑口塌没,停开了 500 多年,直至清乾隆年间,皇上喜好,恢复开采,不久又停止了 200 多年,到 1963 年,又开始有计划地开采。

洮砚,始于宋代,产地为甘肃省岷县,此地属洮州,故名。石料取自临洮大河,亦称洮河石砚,因处于深水之底,得之不易,被视为无价之宝。

洮河石长年被水侵蚀，石质细腻、肤理缜密、细润晶莹、色泽碧绿，石面呈微黑色的水波状的花纹，似波浪翻滚，云卷云开，千姿百态，绚丽动人。

洮石有绿洮和红洮两种，以绿洮为贵，称"绿漪"，亦称鸭头绿，绿如蓝，润如玉，葱翠喜人。黄庭坚《刘晦叔许洮河绿石砚》诗云："久闻岷石鸭头绿，可磨桂溪龙文刀。莫嫌文吏不知武，要试饱霜秋兔毫。"

澄泥砚是以沉淀千年的黄河渍泥为原料，经特殊炉火烧制而成，其制作过程需经过滤等十余道工序。澄泥砚属于陶类，其前身是古代的陶砚，诞生于晋唐之间，早于端砚、歙砚。

澄泥砚质坚耐磨，观若碧玉，抚若童肌，呵气可研，不伤笔、不损毫，备受历代帝王、文人雅士所推崇，唐宋时，皆列为贡品。

澄泥砚以朱砂红、鳝鱼黄、蟹壳青、豆绿砂和檀香紫为上等颜色，尤以朱砂红，鳝鱼黄最为名贵。

红丝砚在唐时为四大名砚之一，产于山东益都，归属于青州，古称"青州红丝砚"。

红丝砚多呈橘黄地红丝纹，紫地黄丝纹，丝纹十余层，次第不乱，彩纹艳丽，故称"红丝砚"。石质致密，手试如膏，莹润细腻，贮水不耗，发墨如油，砚中佳品，深受文人所爱。

端砚收藏　三坑为上

端砚，又称端溪石砚。它位列我国四大名砚之首，是首批国家非物质文化遗产。从唐代始它就成为宫廷贡品，历代帝王将相，文人墨客，达官显贵青睐之。据专家研究称，端石的地质年代约有 6 亿年，一般产于泥质岩页中,其化学性稳定,吸水性、透水性弱,石质特别纯净细腻、柔嫩致密,宜于雕刻,温润如玉,贮水不耗,具有良好的发墨性,发墨不损毫,寒冬不结冰等优点。端砚的花色品种繁多,形状色泽雅致,其余各砚无法望其项背,独具的风格和特性,当之无愧地被列为四大名砚之首。其石品繁多,如青花、蕉叶白、鱼脑冻、火捺、天青、金线、银线、冰线、金星点、翡翠、鹧鸪斑等,其形状色泽瑰丽斑斓。

端石的坑口可分为两大类:山坑和水坑。水坑端石因长年浸于水中,有特别致密、坚实、幼嫩、滋润之优点。端石名坑,有水岩(老坑)、坑仔岩、麻子坑、朝天岩、古塔岩、大西洞和水归洞等。

最为上等的,应属三坑即老坑、麻子坑和坑仔岩。此三坑石材所雕刻之砚台,可谓天生丽质,有人形容"如艳妇,千娇百媚;如风流学士,竟体润朗"。

行家总结评述:大凡好之砚台,均具备肌理细润而坚密之"德",发墨快而益笔养毫之"才",滋津养墨而不涸不腐之"品",色泽典雅而纹理成趣之"貌",玉振金声而清脆悠扬之"韵"。三坑之石,即具备上述之品性,所以真正具有收藏价值之极品,乃用三坑之材,通过能工巧匠的精雕细刻,具上铭文,又经名人用过,流传有序的名砚,那才是大收藏家所寻求的极品。现举几例,供读者鉴赏。

一、箕形红石砚

砚长 14.5 厘米,宽 9.5 厘米,厚 2.9 厘米。砚为箕形,背中间稍凹,留有明显的粗线条凿痕、浅抄手,砚呈橘红色,全身布满红中带白的花纹,别具特色。

五代·箕形红石砚

此砚的鉴识，参阅于《昙石斋藏砚》一书，著者为黄瑞霖先生，是我国当今藏砚、鉴砚、赏砚之方家，他从其收藏的 1500 多方砚中遴选出其中有代表性精品三百余方，汇集成《昙石斋藏砚》一书，该书介绍了一方双足箕形红石砚，定为唐代，拟定福建建瓯石。另有介绍一方箕形红石砚，定为五代，此砚购自武夷山。上图这方红石砚，笔者购自邵武，与黄先生购藏的两方红石砚台雷同，应为唐宋时建州之地方名砚。

二、夔龙纹端砚

此砚为大型号，长 26.2 厘米，宽 21.2 厘米，前后端厚达 3.2 厘米，前端落地，中间凹，后端乳钉脚，砚堂为圆盆，砚池深达 2 厘米，砚额两边各雕夔龙纹，线条挺拔，形象逼真，气韵生动，极具动态之美。

此砚包浆古旧，简约大方，沉稳凝重，适宜于书画家之用。从造型、纹饰分析，拟定为明代之砚，可惜砚堂后边有缺陷，这是此砚最大的瑕疵。

明·夔龙纹端砚

三、竹节型端砚

此砚形体较小，长 9.6 厘米，宽 6.2 厘米，厚 1.6 厘米，形似一节竹子。砚保存原配之砚盒，盒子造型纹饰与砚之造型纹饰一致，相映成趣，相得益彰。砚台构图简约，主体突出，形态逼真，小巧雅致，洗练传神，包浆自然，一眼开门。

清·竹节型端砚

松、竹、梅"岁寒三友"，梅、兰、竹、菊"四君子"，历来成为中国文人、书画家的传统创作题材。竹子，常见植物，常年披绿，四季常青，茎圆柱形，中空有节，临风不折，直插云天。它从不与花争艳，不随季节枯荣,过雨不污,外直中通,挺拔直立于天地之间,竹子坚忍不拔的品格,朴实无华的风貌,虚怀若谷的情怀,成为中国古代知识分子高尚情操的象征。历朝历代,文人学士对竹子的讴歌不计其数,宋代诗人徐庭筠"未出土时先有节,便凌云去也无心"成了千古名句。

(本文原载于《武夷山》2015年第2期)

哥釉青花花卉纹碗

　　缘于志趣，我成了中央电视台财经频道《一槌定音》栏目的粉丝，每期必看，雷打不动。2014年12月28日18时30分，静候在电视机前的我，霎时惊讶不已，蓦然间，见到银幕上播放的一组瓷器，那哥釉青花碗不是我收藏20多年珍藏在柜里的那只大碗吗？（见下图）银幕上的碗与我收藏的碗一模一样，同样的时代，同样的窑口，同样的品种，同样的式样，同样的纹饰，同样的尺寸。睽离百年的同胞姐妹，恭逢盛世，不期而遇，怎能不令人喜出望外？

　　碗高6.6厘米，底足8.8厘米，口径23.8厘米。通身开片，并绘花卉青花，足径较厚，修胎粗疏，圈足留有黏砂，底足有明显的自然火石红。碗敦厚沉稳，气势恢弘，包浆熟旧，一眼开门，开片纹饰，疏密有致，清晰瑰丽，妙韵天成。

　　碗是民窑生产的实用品，不是官窑出品的陈设。乍看显得粗俗，缺乏精致，故此，专家与夺宝者的看法各异，引起热议。故宫博物院研究员,资深的陶瓷研究专家杨静荣先生评定说,这是晚清哥釉青花花卉纹碗,因是民窑器,才特别古朴、潇洒、自由。俗到极致便是雅,此碗有其独特之处,我们才在无数选送品中选上它。

尔后,三家拍卖公司和弘钰博古玩城共同估价2万元,夺宝者以最高价16万零1元达成意向交易,价格比为百分之八百,此价显然超高。

碗显粗俗,这是不争的事实,她不是深闺中的千金,出水芙蓉,冰清玉洁;也不是豪门贵妇,雍容华贵,国色天香;她是普通的劳动妇女,心宽体胖,端正健美,朴素大方,具有劳动女子的内在气质和特有风韵却尽显风骚!

这样的碗在中央电视台银幕上露脸,就像农民工上春晚,盛世逢春,小草成兰,登堂入室,尽吐幽香。

这碗,宛如一个世纪老人,命途多舛,饱经沧桑,其跌宕起伏的悲怆人生,向世人讲述着其凄美的故事。

崇安郊区有一位巫姓朋友，绰号"老巫头"，20世纪80年代末，他走村串户收旧货，银圆纸币，金银首饰，古旧家具，旧瓷器，各种杂件，只要转手有人要的，他都收。一年夏天，他到了一个叫潘家的村子，走进了一幢原来很气派的旧宅，见到了一位40多岁的妇女在切菜喂猪。他汗涔涔地问："大嫂，讨口水喝好吗？"大嫂说："厨房水缸里自己舀。"那时农村人一般都是喝生水的，他舀了一瓢水喝了几口，将剩余的水往厨房前小空坪倒时，看见几只鸡在啄食，一只鸭子在喝水，盛水的是一只污浊不堪、斑驳陆离的大碗，他眼前一亮，走前拿起细看，心想：这样的碗怎么放在这里喂鸡？于是，他借故与这位大嫂聊起家常："大嫂，你这房子虽然旧一点，过去还是一座好房子呢！""这房子本来不是我家的，我家男人的父亲以前很穷，是替地主家打工的，听说土改时评上什么雇农成分，这三间房是从地主家分来的，住这里都四十多年了。""噢！你那只喂鸡的大碗也是分来的？""那我可不知道，反正我进这个家时，就看见橱柜底下的角落里放着这只碗，因又破又脏我们就没用它，说也奇怪，碗破成那样，盛水倒是不漏。前几天，有个收旧货的看见了，还说愿意出三元钱买这只碗，我女儿回答他，我妈不在，不卖。""老巫头"是个走南串北的老江湖，凭经验直接点明买这只碗反而不好，这时他瞧见厨房柴火堆旁边一把缺了腿的四方椅子，看来主人是打算把它当柴火烧的。他灵机一动，指东说西问："大嫂，你那把破椅子卖给我吧！""那椅子你要？""我家邻居是木匠，我拿回去请他修一修，兴许还可以坐。""你拿去就是。""不，我要算点钱给你。你那只破碗也给我吧！我给你8元钱好吗？"女人想，这样的破碗，三五角钱都可以买到，就爽快地答应了。

他将碗用纸包一下放进挎包，肩头扛着椅高兴地走了，到了村口短途汽车停靠点,扛着椅不好上车,他将椅子往路旁芦苇丛一扔,小心地护着他的包回家了。

那年月,我也说不清道不明是何因,竟喜欢淘一点坛坛罐罐之类的旧物玩,因而结识了"老巫头",并成了朋友。有一天,我到了他家,我问他:"最近有没有收到适合我的东西?"他立即从柜子里取出这只碗,说:"这碗比较特殊,面上开了密密麻麻的裂纹,看似破的,其实是好的。"我端详了一会儿,问:"什么价?"他说:"熟人不二价,108元,适合你就拿去!"我二话没说,把碗抱回家了。

尔后,从古玩圈的友人处听到"老巫头"巧买碗的故事,至于卖108元,缘由是:本钱8元,赚100元,这是一;二是讨个口彩,108,一定会发。

古玩界故事多,也许这就是古玩的魅力。

(本文原载于《武夷山》2015年第7期)

苏维埃贰角银币

1932年

中华苏维埃银币（1932年背面）

1933年

中华苏维埃银币（1933年背面）

在钱币收藏过程中,我有幸收到了两枚中华苏维埃共和国贰角银币。银币直径 2.4 厘米,厚度 0.15 厘米,重量 5.4 克。银币正面上沿刻有"中华苏维埃共和国",下沿分别是"公历一九三二年""公历一九三三年"。上、下沿的两边被五角星隔开,中间上下书写"贰角";背面内圈中央为麦穗、地球、镰刀、铁锤,内圈外嘉禾环绕,中上方置一"五角星",正上方为"每五枚当一圆"。

这么一枚小小银币,重量才 5.4 克,可是掂在手里,它是沉甸甸的,这是因为它是极为珍贵的革命文物,它佐证了中华苏维埃国家银行的诞生,红色金融史有它不容质疑的一席之位。

1931 年,在江西瑞金,毛泽东被选任中华苏维埃共和国临时中央政府主席。中华苏维埃共和国成立之初,苏区各地各种货币五花八门,金融市场杂乱无序,严重阻碍商品流通和苏区经济的正常运行,统一货币刻不容缓。于是 1931 年 11 月,在中华苏维埃第一次全国工农兵代表大会上,毛泽民同志受命筹建国家银行,发行国家货币。

基于当时的条件,临时中央政府既不提供场地,也不配备设备,只给五个编制。毛泽民同志临危受命,自力更生、土法上马、因陋就简,没有条件创造条件,在叶坪村一幢普通农家小屋,包括行长在内只有 5 名工作人员,仅凭临时中央政府给的 20 万大洋的启动资金,于 1932 年 2 月 1 日,中华苏维埃共和国国家银行在江西瑞金叶坪村宣告诞生,正式发行苏维埃国家货币。这个银行,堪称世界上最小的国家银行,毛泽民等同志在此创造了世界金融史的奇迹。

当时发行的中华苏维埃国家银行货币,有铜质硬币 1 分、5 分面值,有银质硬币 2 角面值,还有纸币 5 分、1 角、2 角、5 角、1 元面值。2 角银币有 1932 年、1933 年两种纪年,主要在中央根据地流通。

1934年10月,红军主力进行战略大转移,撤离中央革命根据地,苏维埃国家银行也就结束了光荣的历史使命。笔者收藏的就是1932年和1933年版的2角银毫。

中华苏维埃银币(1932年正面)

中华苏维埃银币(1933年正面)

面对这枚小小银毫,令人沉思,叫人回望,它承载了多少红色记忆,储存着多少革命基因密码,一事一物让人感怀那个时代先辈们的革命历程和精神面貌。他们所经历的峥嵘岁月,怎能不让人缅怀?
这些在极困难条件下创造人间奇迹的先辈,怎能不令人肃然起敬?
我们应该铭记:

　　　革命火种,永不泯灭。

　　　红色基因,代代相传。

(本文原载于《武夷山》2016 年第 5 期)

影青香熏

　　这是一件十分精致的古人焚香器,叫香熏。它是一件兼实用与观赏于一体的器具,既是置于雅室之内,驱魔避邪、提神醒脑、净化居室的用具,又是典雅俊秀、光彩夺目的陈设器,瑰丽神奇的艺术品。可以说,它是中国香文化标志性的载体。此类器,其祖叫博山炉,初始于战国,完善于汉,盛行于唐宋,元明时期演变成各等式样的炉,统称"香炉"。

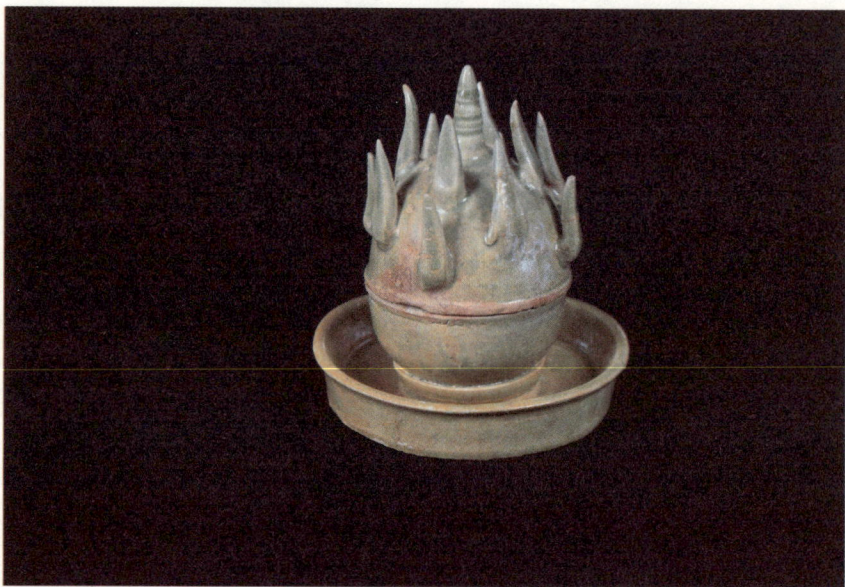

博山炉

　　眼前这只香熏,为宋景德镇湖田窑之精品。器物高 12.2 厘米,口径 10.5 厘米,底径 7.8 厘米。全器由盖与底座两部分组成,子母口相扣,盖为网格半球形状,下部为灯座形。胎体质地细腻,坚致细密;釉色青中泛白,白中闪青,滋润晶莹,如冰似玉;体态端庄别致,典雅秀美;包浆自然,醇古幽厚。尤其上盖半球形部分,镂空雕刻,玲珑剔透,通透匀称,酥光四溢。工匠镂月裁云之技,已臻炉火纯青,出神入化;作品上下浑然一体,天衣无缝。如此轻薄精巧之器,在制作与烧制过程中,做到不扁、不陷、不缺,秋毫无损,完美无瑕,精美绝伦地展现了千年窑火。景德镇湖田窑独步一时的高超制瓷工艺,无论是胎质、釉色、造型、品相均堪称一流,令人为之拍案叫绝,叹为观止!

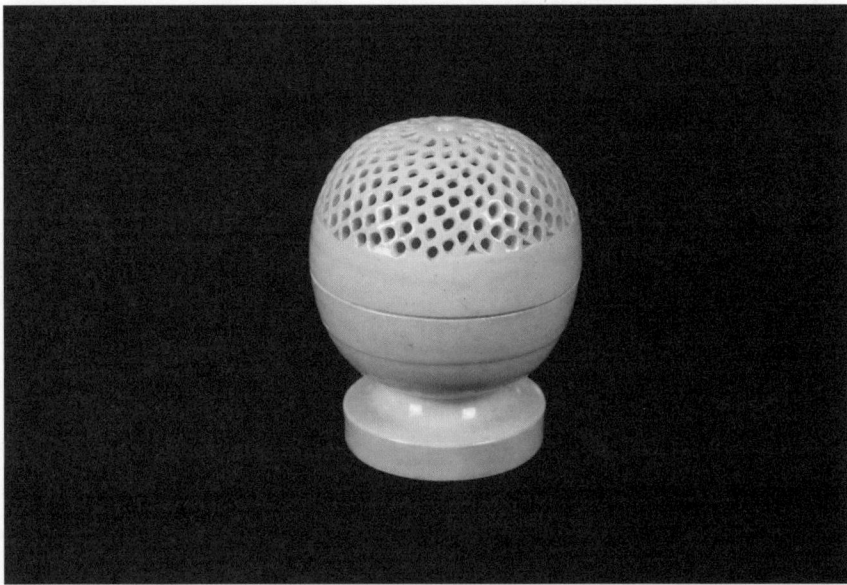

香熏

如若你想给它一个恰切的比拟,那她就是一位天真烂漫、纯净无瑕的曼妙少女,亭亭玉立于你的面前。她天生丽质,淳朴自然,她无须任何修饰,却让你永看不够,你将为之神往,希冀与之相伴终生。

中国香文化源远流长,时下人们归纳为"肇始于春秋,成长于汉,完备于唐,鼎盛于宋"。此件香熏,足以佐证"鼎盛于宋"的论定是十分准确的。由香料、香具、香席综合组成的香文化到了宋代已达到登峰造极之境。众所周知,宋代是我国文化繁荣发展的时代,亦是理学和禅宗盛行的时代,宋代文化崇尚淳朴、内敛、自然,宋代的香文化也充分体现了这一社会理念。

试想,古之儒雅之士,在一间古香古色、格调优雅的书斋里,置放这样别致典雅之器,一股淡淡的烟缕缕飘出,袅袅缭绕,幽香氤氲,雅气充盈,再沏上一壶上等之茗,读书、会友、悟禅,论道,在这诗意般的意境中,注入了人的幽思、遐想和梦境,生命在这样的时空中怡然度过,这是何等舒心与惬意,真可谓:美器养眼,妙物怡情。

南宋帝号铭文谷仓

　　大凡古瓷器收藏者都熟知，各种屋式形、塔式形，多角形的盖罐，统称"谷仓"，亦称"魂瓶"，是我国三国两晋、隋唐五代、宋元时期一直沿用的陪葬明器。此类器物在我国长江中下游，尤其在闽浙赣地区尤多出土。十多年前，在古玩市肆中，随遇可见，各等式样，千姿百态，林林总总，异彩纷呈。因它是普遍常见之明器，人们并不待见，为此我却有幸在平凡之中觅得一件不平凡的珍稀罕见之品，有确切帝王纪年铭文的南宋谷仓。

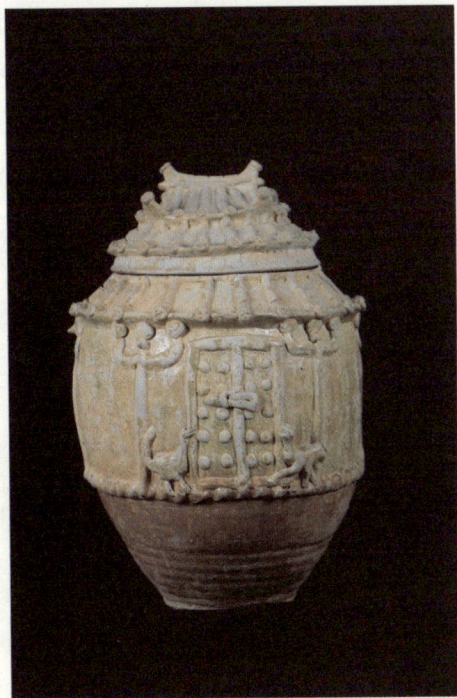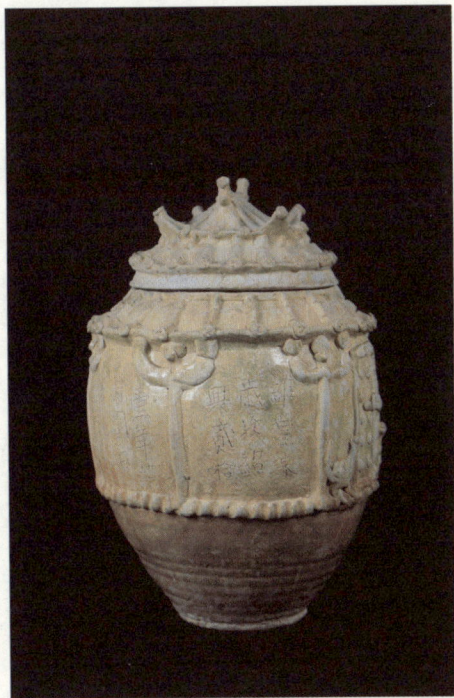

谷仓正面　　　　　　　　　　　釉下铭文

　　这件谷仓高49.6厘米，口径17.6厘米，底足13.6厘米，通身施青釉，肩部为斜挑檐、鼓腹，下部内敛，胎质坚密，底露紫红胎。盖为屋顶式重檐歇山顶，屋顶转角处为翼角，翘首昂立，屋面出檐处为排列有序的当式屋檐，雅致秀美，充分彰显古建筑的艺术特色。谷仓主体，贴塑条状分隔成六面，下腹部有一圈绳索状的腰带，谷仓正面一扇大门，上了一把精致的锁，门底两旁，左边站立一只鸡，右边站立一只狗，造型生动，形态逼真，惟妙惟肖，十分传神。

谷仓应为主人延请名师特制之作，不是一般作坊批量生产之商品，因而，通过巧妙的设计，精心制作，完成素胎制作之后，刻上寓意深刻的铭文，再上釉烧制而成。谷仓正中大门，从右到左的方块中，有釉下铭文："维皇宋岁次，绍兴二十一年七月元日，造次仓库一所，荫益子子孙孙，仓库常满，典库常开，万代日隆，圣如王凯，急急如律令。"铭文共四十八个字，为行楷，字字清晰，字体端正，笔画顿挫遒劲，流畅凝练。

此器的制作者独具匠心，设计巧妙，造型生动，比例协调，姿态端正，构图饱满，格调古朴大方。盖与罐，精制严密，天衣无缝，浑然天成，俨然就是一幢气势恢宏、美轮美奂的粮仓。它寓意主人生前之生活五谷丰登、荣华富贵，祈盼去世后在冥界照样能六畜兴旺，仓库常满，丰衣足食，并荫益子孙，万代昌隆。

面对如此精致秀美之器，不仅使人们领略到宋代工匠高超的制瓷工艺，还让人们目睹了830多年前的书法真迹，感知古之书刻者一丝不苟的严谨之风。

古瓷收藏者都明了，我国瓷器诞生于东汉，随着瓷器的出现，款识也随之产生。而在瓷器上署上正规帝王年号款的，都是到明代永乐朝才正式开始，尔后，形成定制。明清两代500多年，一直沿用。元之前，各朝各代，在瓷器上署年款的，只是偶然发现。一般款识，是制作者以刻划、模印、书写方式而为的,也有用釉彩直接书写或墨书。而正式署上帝号年款的,迄今,发现数量极少,可谓屈指可数,寥寥无几。据说,目前全国已知的,只不过十多件而已。

这件铭文谷仓,不仅带有帝号年款,而且有确切的年月日,不是一般帝王年号款所含的某个朝代的数年,数十年,而是确切纪年。宋绍兴二十一年为公元 1151 年(辛未年),迄今已 869 年。(绍兴是南宋第一位君王宋高宗赵构之年号)这是一件具有历史、文化、艺术价值的古瓷器,尤其是一件极具研究价值的标准断代器,如此之器,凤毛麟角,珍稀罕见,弥足珍贵。

光绪银币　江南八品

　　可以说，凡是钱币收藏者，免不了对近代机制银币的收藏，在银币的收藏中，必会遇到叫"江南省造"的银币，可是，谁都知道晚清并无江南省建制，没有江南省，何以有"江南省造"银币？这是怎么回事？值得人们探究一番。

"江南省造"银币

　　江南作为一级行政区划始于唐代贞观年间所设的"江南道"，玄宗时分江南为东、西两道，江南地域涵盖长江以南；宋代设"江南路"，地域概念缩小；清顺治三年（1645年）设江南省，治所在江宁府，辖江苏、安徽兼管江西；清康熙六年（1667年）撤江南省，分设江苏省、安徽省。晚清时没有江南省，却出现"江南省造"银币，可谓有其币无其省，是何因产生这种奇异现象？光绪年间虽没有江南省建制，但设有督察江苏、安徽、江西等省的两江总督。

清光绪二十二年（1896年），时任两江总督的刘坤一，以江苏及周边地域银币通行量大为由，奏请朝廷在江宁（今南京）增设造币厂，当即获准。为扩大流通地域，增获利润，把江宁造币厂定名为"江南造币厂"，币面沿用清初"江南省"省名，用"江南省造"字样，由此产生无其省、有其币的"江南省造"银币这一令人费解的奇异现象。

"江南省造"银币，壹圆币，正面中央"S"纹圈，圈内有汉、满两种文字的"光绪元宝"四字，外圈上为"江南省造"，下为纪重"库平七钱二分"。左右分别六瓣花星，背面中央为蟠龙，外圈为英文和花星。

清光绪二十三年（1897年）的初铸版，无干支纪年，收藏界称它为"老江南"。此为江南省第一版铸币，铸额有限，较为珍贵。第二年，1898年，币面额加了干支纪年"戊戌"，其后各年份都铸干支纪年，戊戌、己亥、庚子、辛丑、壬寅、癸卯、甲辰、乙巳等干支，藏界称之为"江南八品"。

"江南省造"银币（戊戌）　　　　　"江南省造"银币（己亥）

"江南省造"银币(庚子)

"江南省造"银币(辛丑)

"江南省造"银币(壬寅)

"江南省造"银币(癸卯)

"江南省造"银币(甲辰)

"江南省造"银币(乙巳)

笔者介入收藏之后，通过学习，认识到收藏者要注意求古、求真、求精之外，亦要注意求奇。物以稀为贵，这是常理。根据自己的领悟和认知，江南省造银币，虽不是珍稀品，但就其无其省、有其名而言，却有点特殊的历史文化内涵。所以我就特别留意此币收藏，凡是遇见，经鉴定真品无疑，我就毫不迟疑地将其收下，因而有所收获。"老江南"，我无缘遇见，而有干支纪年款的"江南八品"均已收齐。

福建都督府造银元

江南省造戊戌光绪元宝，有英文小字版和英文大字版之分，大字版为稀，笔者有幸收到一枚英文大字版币，比较难得。至于被炒得沸沸扬扬的所谓戊戌"珍珠龙"，不识庐山真面目，无法求其真谛，2011年《收藏快报》第432期《拍场品泉》栏目刊登信息：江南省造戊戌光绪元宝七钱二分珍珠龙银币以150万元重磅落槌。为此，我曾发信求知何谓"珍珠龙"？惜无复音。本人学识浅薄，孤陋寡闻，管见所及，戊戌版银币，只有英文字大小版之别，至于"戊戌"错位币，据说那只是唯见品，可遇不可求。

八品中，乙巳版最少，甲辰版最多，而甲辰版英文"CH"为多见，英文"TH"则为少见。甲辰版还有一种左右两边不是两点星,而是十字星,亦是难见品,笔者有幸获得一枚。卖者不知星点有别,只知普通的甲辰版,可说捡了漏,十分难得,实乃幸甚!

　　江南省造银币,可以说是值得收藏的银币,它含银量都达到90%以上且设计考究,铸制精良,币面文字端庄凝重,龙图流畅清晰,整体清丽美观,受到大众欢迎,当时人们乐于流通,如今还给收藏者留下一个耐人寻味的话题。

雄鸡一唱天下白

　　金猴携岁去,金鸡报春来,欢快的猴年旋即过去,祥瑞的鸡年即将来临,"鸡"与"吉"谐音,吉祥如意,吉庆祥和,吉利平安。鸡是人类最早饲养的六畜之一,是十二生肖中唯一的禽类动物。人与鸡关系十分密切,人类的生活几乎离不开鸡,鸡及其蛋是人们餐桌上的美味肴馔和滋补品,鸡历来都是祭祀的上等供品。人们对鸡特别熟悉,尤其在农村,几乎家家户户都养鸡。鸡,终其一生都在为人民服务。

　　丁酉鸡年来临之际,把我圈养于橱柜里的"千年之鸡"放出,公诸同好,恭祝藏界同仁,鸡年吉祥、福寿安康!

　　这些鸡诞生于千年前的闽、浙、赣各地窑场,多数为陶质,少数为瓷质,品种多样,有黑色的、白色的、灰色的、褐色的,还有点彩的,各式的造型、各样的姿态,或立,或蹲,或卧,或走,千姿百态,栩栩如生。每只鸡均神态各异,雄鸡身体健壮,昂首挺胸,目光犀利,雄赳赳、气

昂昂,引吭高歌;雌鸡,慈眉善目,雍容华贵,悠然自在,顾盼含情,只只生动传神,呼之欲出。

　　古代人们相信灵魂的存在与不灭,认为人死后只是从一个世界去往另一个世界,照样如生前一样生活。在这种"事死如事生"的观念支配下,盛行的厚葬之风象征着大量生前得到的财富,能带到另一世界继续享受,所以尽量按照生前那样布置空间。普通墓葬的随葬明器中,鸡、犬为常见品。

　　这些鸡，原是一种静态的明器，古之工匠，基于他们熟悉生活，对常见之鸡的细腻观察，捕捉鸡瞬间的各式姿势，精心提炼，捏制出一只只形神兼备、惟妙惟肖的艺术之品。这些鸡，当初被创造出来的时候，烙着重重的生命印痕。它们似乎有灵性，有感知，有生命的气息。面对这些出神入化的艺术品，怎能不令人敬畏古之工匠独具匠心的工匠精神？

　　限于篇幅，具体每只鸡，笔者就不逐一赘述，还是让读者自己去赏、去品、去悟。这样，反而嚼之有味，甘之如饴。

　　这里，我想多说几句的，是鸡所蕴含的厚重文化。据专家推定，人与鸡相处已达一万余年，伴随着人与鸡的亲密关系，悠远的历史，孕育了许许多多有关鸡的文化，寄托了人们对平安吉祥、美好生活的祈盼。

　　翻开中华文化辞典，映入眼帘的，就有许多与鸡相关的词汇、俗语、成语、典故、歇后语等,如鸡鸣而起、鸡犬不宁、只鸡斗酒、呆若木鸡、鸡飞蛋打、鸡毛蒜皮、小肚鸡肠、鸡鸣狗盗、闻鸡起舞、鸡皮鹤发等。

然而,更应一谈的是,鸡历来为画家的丹青,为诗家所吟诵,绘鸡咏鸡之作,不胜枚举。

唐人李频《府试风雨闻鸡》云:"不为风雨变,鸡德一何贞。在暗长先觉,临晨即自鸣。"宋人陈师道《田家》云:"鸡鸣人当行,犬鸣人当归。"明代高启《鸡鸣歌》云:"万家梦破一声鸡。"

2016年初,湖南年近70岁的农民诗人危勇的《咏鸡》诗云:"鸡、鸡、鸡,尖嘴对天啼。三更呼皓月,五鼓唤晨曦。"此诗获得第二届"农民文学奖"的万元奖。

伟人、大诗家毛泽东所作的《浣溪沙·和柳亚子先生》词,更是诗意豪迈,气势恢宏,寓意深刻,旷达深远。"长夜难明赤县天,百年魔怪舞翩跹,人民五亿不团圆。一唱雄鸡天下白,万方乐奏有于阗,诗人兴会更无前。"

"长夜难明赤县天"一句就高度概括了中华民族一百多年的苦难历史,"一唱雄鸡天下白"一句把中国共产党领导人民推翻黑暗的旧世界,成立光明的中华人民共和国的历史,形象地给予了总结。雄鸡一鸣,送走了黑暗,迎来了光明。

鸡年来临之际,我的脑海迭闪着一个个镜头,那就是成化斗彩鸡缸杯的故事。

公元 1465 年是明宪宗成化元年,亦是农历乙酉鸡年。世间事,真是无巧不成书,明宪宗朱见深这位鸡年登基的皇帝,与鸡文化结下了不解之缘,他为鸡文化编织了一个曼妙而动听的故事,创造历史,震惊世人。

在中国瓷器的发展史上,成化朝创烧了一种釉下青花和釉上填彩的"成窑五彩"。因釉下青花和釉上彩绘,争奇斗艳,交相辉映,俗称"成化斗彩"。据说朱见深深爱的万贵妃独钟这种斗彩小杯,于是成化皇帝亲自设计式样,下旨景德镇御制小巧玲珑、典雅精致的小酒杯,供皇上与宠妃饮酒把玩,这就是名震天下的成化斗彩鸡缸杯。

成化斗彩鸡缸杯,是否成化帝亲自设计,是否宠妃万贞儿饮酒把玩专用之器,杯上鸡的图案,有何寓意,姑且留给世人去评说!

狗年话狗

斗转星移,具有特殊历史意义的丁酉鸡年已向人们告别,迈进新时代的戊戌狗年已来临。

"狗"是犬的俗称。狗是人类的朋友,古往今来,世界各地的人们都喜狗、爱狗、豢狗、宠狗,把狗视为生活的亲密伙伴。我亦喜狗、爱狗,我不仅爱现实生活之狗,而尤爱具有历史文化内涵的瓷塑的艺术之"狗"。几十年来,我收狗、惜狗、藏狗,在古玩市肆中,凡是我遇见的"犬",只要有一眼的,我都视为有缘,毫不犹豫地把它"牵"回家,"圈养"于我的橱柜里,与它们相依为伴,朝夕相处,亲密无间。

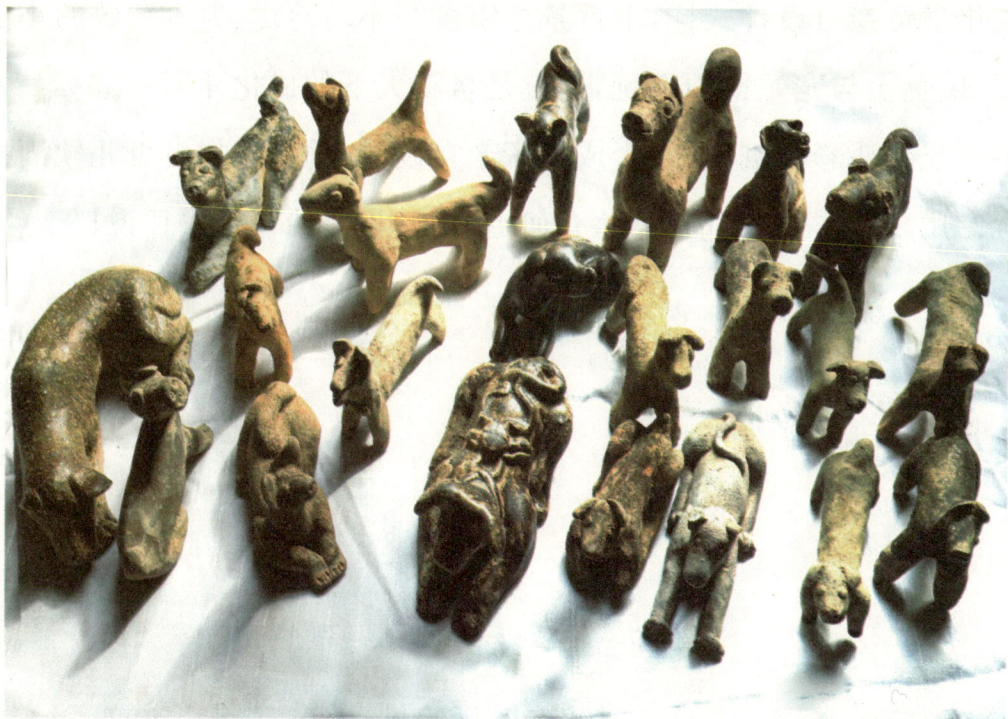

狗年来临之际,愿把我珍藏之狗放出,公诸同好,恭祝藏界同仁,狗年欢乐吉祥!

　　这些瓷塑之狗,分别诞生于千年之前闽、浙、赣各地窑场,其中有景德镇窑、吉州窑、建窑等著名窑场。有陶质的,多数为瓷质的,品种花色多样,有白色的、青色的、黑色的、灰色的、褐色的,还有点彩的。

　　各种各样的造型,各式各样的姿态,站的、坐的、蹲的、卧的。卧的,有正卧、倾卧、伏卧;立的,有四肢落地、站立的,有后两肢落地、挺立的。四肢落地站立的,昂着头,竖起耳朵,龇牙露舌,剽悍威猛,神气十足;后两肢着地竖立的,头部前伸,凝视前方,目不转睛,全神贯注,泰然自若。各种态势,曼妙传神,只只表情丰富,形态逼真,或警觉,或惊疑,或平静,或茫然,或仰天大吼,或鼾声阵阵。

　　青白色釉犬高 6.2 厘米,长 5.6 厘米,昂首直视,两眼炯炯有神,尾巴上卷成环状,四肢站立,身上各部为蓖划线,线条清晰流畅,简约自然。

青白色釉犬

　　褐色釉犬高 8.2 厘米,长 7.8 厘米,前两肢倾立,后两肢屈缩,蹲坐着,伸长脖子,高昂着头,嘴巴张开,狂吠状,形态逼真,生动传神。

褐色釉犬

青白釉斑点犬高 6.2 厘米，长 7.2 厘米，似为赏玩的小狮狗，头大脖长，朝前昂视，尾巴上卷，嘶叫状，活泼可爱。

青白釉斑点犬

褐色蹲卧犬高 6 厘米，长 12 厘米，前后四肢伸爬着，正卧匍匐状，昂首警视，嘴微张，两眼视前方，两耳特大，脖子上挂着铃铛，身上佩戴各样饰品，尾巴卷曲，似西洋犬。

褐色蹲卧犬

　　黑釉犬高 6.2 厘米，长 9.6 厘米，全身漆黑，前两肢匍着，后两肢屈缩蹲坐着，尾巴朝上向一边卷曲，头朝正面昂视，耳朵肥硕，嘴巴微张，十分传神。铁灰胎，高温烧制，拟为建窑产品，建窑出黑釉茶盏闻名，动物类的小品极为难见，尤显珍贵。

黑釉犬

　　青釉小犬高 6 厘米，长 7.2 厘米，前两肢倾前，后两肢屈蹲着，尾巴上卷,伸长脖子,竖起耳朵,昂着头,正视前方,高度警惕着,轻捷活泼,特显小巧可爱。

青釉小犬

青灰色卧犬高4厘米,长13.6厘米,前两肢直伸爬着。两肢,一肢屈缩于臀下,另一肢斜屈着,头前伸靠在前肢上,倾卧着,大耳下垂,膘满肥硕,睡眼惺忪,似睡非睡,憨态可掬。

此类瓷狗原是一种静态的明器,古之工匠,基于他们对生活的细致观察,捕捉各种犬瞬间的各式姿势,精心提炼,捏制成一只只形神兼备、矫健奔放、活灵活现的"现实"之狗,堪称艺术精品,对这些出神入化的作品,怎能不令人惊叹古人的工匠精神?

中国古人相信灵魂的存在与不灭,人的死只是到另一个世界,会像生前一样生活。在这种"事死如事生"的观念支配下,盛行的厚葬之风象征着大量生前得到的财富,能带到另一世界继续享受,所以尽量按照生前那样布置生活空间。一般的墓室除房屋、谷仓之外,还有六畜之类的随葬明器，其中鸡、犬为常见品。

狗被人类驯化的历史十分悠久，我国考古专家发现，早在中石器时代，古人类墓葬中就发现狗的化石。我国最早的家狗化石在7000多年前浙江河姆渡文化遗址中就已发现。还有我国仰韶、半坡、龙山史前文化遗址中均发现狗的化石。

关于狗的起源历来众说纷纭，没有一个统一的观点，其中有欧洲说、中东说、东亚（中国）说，还有各地起源说。一致的意见，狗是狼经由人类驯化的结果。

狗的种类繁多，据生物学专家统计，品种在100种以上。狗是杂食动物，消化力极强，硬邦邦的骨头，它也能啃得咯咯响，从中消化吸收其钙质。狗适应于各种环境生存，繁殖能力强，极易繁衍后代，狗还能与其他动物和谐相处，狗天性机敏，易于驯化。

似乎狗的天职就是忠心为人类服务，秉承这一天职而派生出各种的狗：有恪尽职守，为主人看家护院的家犬；有剽悍轻捷，协助主人狩猎的猎犬；有训练有素，具备特种技能，可替主人侦察、搜捕、戒备的警犬；有骁勇机敏，替主人看好羊群的牧羊犬；有数不清的亲昵于主人膝下，为主人分忧解闷，带来快乐的宠物犬。

家犬、猎犬、警犬、牧羊犬和宠物犬都是人类的好朋友、好伙伴、好帮手，它们为人类立下"汗马功劳"。

据报道，四川省安岳县的31个文物保护单位在过去常发生偷盗，自从驯养狼狗在深山看守文物之后，十年无文物失窃。

狗之所以讨人喜欢，惹人喜爱，为人所宠，这是因为狗有灵性，通人情。众所周知，狗最突出的优点就是对主人的无限忠诚，它至情至性，从不欺贫爱富，趋炎附势，不管你位尊位卑，身贫身富，它都忠贞不渝、生死相依,即使主人落魄沦为乞丐,它仍跟你风餐露宿,沿街相随,永不背叛。在狗的心里,只要你是它的主人,你就是它的宗教,它的信仰,它的全部,它的唯一,它永远的神明。所以,有人说:"狗之仰,会让一个乞丐成为富翁,让一个流浪汉成为国王。"

古往今来,关于狗忠贞不渝的故事,多得不胜枚举。

曾有报道,著名美术家韩美林先生,在那风雨如晦的年代,蒙冤被囚,他出狱的第一件事就是买点肉去寻找他的爱犬。当年他惨遭毒打时,狗一直蹲在他身旁垂泪,可是韩先生哪知,他被带走后,狗痛不欲生,三天三夜不吃不喝,最终过度悲伤而亡。

苏格兰爱丁堡广场有座忠犬巴比雕像,雕像的诞生缘于这里发生过一个感人的故事。一位病重的老人在弥留之际还请失主的流浪狗巴比吃了一顿饭,老人离世,巴比毅然参加送葬队伍,一路相送,不管人们怎么驱逐均无效,此后 14 年间,巴比除去觅食外,就日夜蹲守在老人墓旁。巴比的行为真是感天动地,惊憾世人。为此,当地人在广场上立了这座雕像。

世界上,以狗为宠物者,上至国王下至黎民,比比皆是。当今世界首领中,对宠物犬的"钟情",当属英国女王伊丽莎白二世,她与其宠物狗柯基结下终生不解之缘。从 20 世纪 30 年代起,柯基犬就走进了她的生活,成了王室的新"家族"。女王对柯基犬"专宠"数十载,繁衍了 14 代后裔,她始终把柯基视为"家人",终日形影不离。她对柯基犬的呵护,竟至"在王室,任何人都不准对狗狗面怒或提高嗓门说话"。

世间,关于狗的故事,比比皆是,且无奇不有,难以尽说。

帽筒品赏　耐人寻味

　　帽筒，顾名思义，它是置放帽子的，而形体是筒式的，故人们称之为"帽筒"。帽筒始于清中期，兴盛于晚清及民国，成为那段历史时期景德镇瓷器生产的流行品种，它与俗称的"嫁妆瓶"一样，从富裕阶层延及寻常百姓家娶妻嫁女的必备之物。花瓶一对，帽筒一双，似乎形成定制，变成习俗，成为时尚，以表达人们对新人的祝福及对未来美好生活的祈盼与憧憬。

　　殷实一点的人家，厅堂几桌上置放掸瓶两个，帽筒一对，既增添了厅堂的高雅之气，亦表示平安吉祥，礼貌待客，宾至如归。帽筒成为平民化、大众化的陈设器，欣赏品。

　　昔日的帽筒、嫁妆瓶，已完成了它的历史使命，现已成了人们收藏的一种门类，亦成了最常见、最普通的大众收藏品。

　　帽筒形制比较单一，大多数为圆筒形，也有四方形、六面形、竹节形，亦有镂空开窗形。

　　在釉色上，帽筒色釉缤纷，异彩纷呈，有青花、釉里红、五彩、粉彩、墨彩、浅绛彩、新粉彩、水墨彩绘、青绿山水等。

　　在瓷绘上，瓷画家们百花齐放、各显技艺，挥洒自如、肆意驰骋，无论是山水人物、鱼虫花草，还是寓意吉祥如意的题材均可入画，可谓气象万千，精彩无限。

　　细心的收藏者，从中可以粗中见细，好中选优，优中选珍，不难觅到可以清心的藏品，今介绍四件帽筒，展现给同仁、爱好者共赏。

一、"牧童归去"帽筒

"牧童归去"帽筒

器物胎质坚密细腻,釉色光洁莹亮,墨色幽深静美,构图严谨,布局合理。整个器物装饰,为民国时期的一项特种工艺,融刷花、吹花、绘画几种工艺于一体,汇点题、纪年、落款于一器。牛为刷花,牧童、村舍、树木为彩绘,苍茫大地、萋萋芳草为吹花。上方从右到左墨书:"牧童归去,乙丑年,昌江客次饶永照写。"器物确切年款乙丑年,即民国十四年,公元 1925 年。主题纹饰,在和煦的春光中,一个活泼可爱的牧童,骑在一头肥硕彪壮的水牛背上,一路引吭高歌,尽情欢唱;牧牛昂首阔步,牛之柔顺,牛可耕田犁地,"地厚载","地广育"的深邃内涵在此充分体现。牛之神态,活灵活现,牧童的天真之状,呼之欲出。整幅画面,春回大地,万物苏醒,花草芳菲,古树婆娑,村舍隐约,煦日暖阳,其乐融融,一幅春暖花开,春色盎然的春耕景色映入眼帘,它昭示了人、牛、自然和谐相处,"天人合一","天地一体"的哲学理念,帽筒所绘的意境,令人赏心悦目,细细品赏,耐人寻味。

二、"花有清香"粉彩帽筒

"花有清香"粉彩帽筒

此筒为少山作。少山氏,乃活跃于清光绪晚期及民国前期的瓷画名家,以花鸟画见长,其花鸟瓷画,有其独有特色,花朵硕大,枝干特细,宛如线条。此帽筒就充分体现了其花鸟画之特征。器物胎质细密,釉色滋润,构图简洁,线条流畅,设色妍雅,淡绿色和粉红色的叶片交相辉映,衬托出一朵盛开的菊花,挺拔的枝干上亭立一只喜鹊,抬头远望,神态自若,激昂鸣唱,真可谓鸟语花香。

梅、兰、竹、菊"四君子"之一的菊花,为历代文人墨客吟诵描绘的对象,形成独有的菊文化。三秋重九,西风凛冽,百花凋零之日,却正是菊花绚烂之时,"寒花开已尽,菊蕊独盈枝"。历代文人雅士绘菊咏菊,不计其数,于此,人们自然想起彭泽令陶渊明,其一句"采菊东篱下"成了千年来咏菊之绝唱,亦使人想起"扬州八怪"之一的郑燮,他爱兰、竹举世闻名,其实他爱菊,更是一往情深,请看他的《十日菊》:"十日菊花看更黄,破篱笆外斗秋霜。不妨更看十余日,避得暖风禁得凉。"这里诗人将人与菊描绘得情真意切,丝丝入扣。菊开十日,他就观赏十日,花逐日变黄,他却专情更深,"不妨更看十余日",不仅使人看到菊花开在破篱笆外的绰约风姿,更令人感到诗人再看不厌的爱菊情怀。在诗人的心目中,傲霜凌寒,坚韧不拔的菊花永远值得品赏,他的爱菊,爱得多么专一和情深。

三、"松鹿长春"帽筒

帽筒为民国时期的新粉彩,一片葱郁的土地上,一头炯炯有神的梅花鹿,嘴里衔着一株仙草,生动传神;怪石嶙峋,坪台参差,一棵硕大的苍松,老干斑驳,枝干虬曲,坚劲挺拔,树顶叶茂如篷,遮天盖地;一只仙鹤,亭亭玉立其中,凝神专注,栩栩如生。帽筒左上方墨书:"松鹿长春,江西,王保兴出品。"鹤鹿同春,松鹤延年,福禄寿喜,喜庆吉祥,为中国绘画的传统题材,它寄托着人们对平安吉祥生活的向往与期望。帽筒器形规整,胎质坚细,釉面光亮,整幅画面布局得当,比例协调,线条流畅,疏密有致,画面清新亮丽,但从整幅作品细看,似乎有点匠气,笔画不够细腻,缺乏灵动飘逸之气,和文人瓷画尚有一定的距离,这是这一对帽筒的局限。

"松鹿长春"帽筒

四、浅绛彩山水人物帽筒

浅绛彩瓷是指清咸丰年间兴盛起来的新的釉上彩品种。它是在水墨勾勒皴染的基础上,敷设以赭彩为主色的淡彩山水瓷画。以淡赭皴擦山石,浅草绿渲染大地景色,这是浅绛彩瓷的主要特征。"浅绛法"创自元代黄公望的山水画。浅绛彩瓷画,人称"文人瓷画",以程门、金品卿、王少维为代表的新安派画家加入景德镇瓷艺界之后,他们把文人画的艺术特色、表现技法及审美旨趣带进瓷上彩绘,将中国文人画融入瓷上,为景德镇开辟了文人画之先河,一度成了景德镇新的艺术流派。由于浅绛彩是浅薄的釉上彩,色层易蚀落,风靡一时的浅绛彩瓷日渐式微,之后,"珠山八友"以新粉彩的形式革故鼎新,将文人瓷画推向新的更高境界,树立了中国陶瓷史上的一座丰碑。

浅绛彩山水人物帽筒

此帽筒为浅绛彩山水人物瓷画,帽筒上边由右到左竖书:"湖海波浪涌流池句,乙丑仲秋之月,朴圆仁兄先生清玩,弟夏鼎敬赠。"这是一件特为友人定制的馈赠之物,故较为精致,器物质密厚重,嫩骨莹润,布局合理,层次分明,错落有致,整幅画面:远岫重峦叠嶂,山石巍峨,苍松屹立,气势雄秀;近景树木葱茏,古树红枫,红绿相间,楼舍隐现；烟波浩渺的湖面上，一叶轻舟，一老者，气定神闲，神态自若，悠悠垂钓。整幅作品浑厚苍茫，意境深邃。帽筒所书年款为乙丑年，民国十四年，公元 1925 年，应为浅绛彩逐步过渡到新粉彩时期的晚期浅绛彩作品。

（本文原载于《武夷山》2013 年第 4 期）

荣宝斋珍品赏析

　　眼前这只小墨盒,乃荣宝斋之遗存珍品。区区盒子,掂在手里,分量很轻,看在眼里,纹饰简单,似乎微不足道,可是细细端详,你就会感到分量不轻。珍品所蕴含的人文底蕴丰厚,内涵深邃,寓意深刻,充满哲理,耐人寻味。笔者认知,这是一件别具特色的袖珍型墨盒,可谓墨盒精品,归纳起来,其亮点有三:

　　亮点之一,这是一只仿生型墨盒,创作者独具匠心,铜制墨盒造型一片树叶,长5.8厘米,宽2.5厘米,厚1.2厘米,铜质纯净,设计巧妙,构图合理,制作精细,曲度圆转自然,包浆古穆,一眼开门。盒子为挂件,主人可以吊挂于腰间,小巧玲珑,新颖别致,格调高雅,妙趣横生。

墨盒底

亮点之二,墨盒底有大名鼎鼎的"荣宝斋"之堂名款,"荣宝"二字耀眼夺目,熠熠生辉。说起中国的文化街,不能不提到北京的琉璃厂,讲到琉璃厂,不能不说荣宝斋。大凡海内外文化人到北京旅游,不能不到琉璃厂,到琉璃厂不能不光顾荣宝斋。据史料记载,荣宝斋的前身是松竹斋,始建于清康熙十一年(1672年),后于清光绪二十年(1894年)更名为"荣宝斋",取"以文会友,荣名为宝"之意,并请同治状元、大书法家陆润庠题写了大匾额。1950年公私合营,"荣宝斋新记"诞生,1952年转为国营,文化名人郭沫若书题"荣宝斋"牌号。迄今,荣宝斋已有三百多年的历史,成了驰誉海内外的老字号,被誉为"书画家之家"。它成为我们民族的艺术殿堂，成为中国传统文化繁荣发展的阵地，成为中国传统文化走向世界的窗口。历经三百余年岁月的洗礼，荣宝斋这一中华文化名片，更加光彩夺目。面前，这一区区墨盒，其"荣宝"二字闪烁着三百多年铸就的大品牌的光辉，掂在手里，多么厚重；瞧在眼里，多么闪耀，怎能不令人对其刮目相看？

墨盒盖面

亮点之三，墨盒盖面镌刻的纹饰为蛤蟆仙人，即刘海戏金蟾。芳草萋萋的田野里，一只金蟾眸神凝视，炯炯有神，仙人宽袖袒胸，手执芭蕉扇，俯视着眼前的金蟾，神态自若，行若无事，逍遥自在，优哉游哉，生动传神。据史料记载，历史上确有刘海其人，名刘操，字宗成，燕山人，生于五代时期，年轻时曾考中辽国进士，至于他得道成仙的传奇故事,广为流传,说是有一天,有位道士忽然间到刘府求见,见后,道士求借一枚金钱,十个鸡蛋。瞬间,道士将十个鸡蛋竖立重叠于钱眼上,摇摇欲坠,刘操见状,惊恐地说:"多险啊!"道士说:"你位高权重,早已到了危若累卵之境,你竟浑然不知吗?"仙人的话深深地触动了刘操的心,让刘操如梦初醒,幡然醒悟,毅然弃官散财,上华山与道士陈抟一道修炼。他经刻苦修炼,潜心钻研,终于修成正果,得道成仙,道号"海蟾子"。其成果卓著,著有《海蟾子还丹歌》《至真诀》等经书,收录于《道藏》之中。"海蟾子"被道教敬奉为北五祖之一。宋、元以来,其声誉日隆,元世祖忽必烈封其为"明悟宏道真君",而后,演绎了许多传说,从"刘海撒金钱"到"刘海戏金蟾"等等。剧作家将其搬上戏剧舞台,画家将其绘上丹青。元代画家颜辉所作《哈蟆铁拐两仙人图》中的"哈蟆仙人"即刘海蟾。看来,此墨盒盖面纹饰"哈蟆仙人"由此而来。一画面,一典故,寓意深刻,耐人寻味,发人深省,不仅有深邃的历史内涵,亦富有现实意义,这对极少数为官不立德的浑浑噩噩者,应说是"喻世明言",更是"醒世恒言",亦可是"警世通言"。我想,这就是区区墨盒的闪光之处。

(本文原载于《武夷山》2013 年第 7 期)

真名士 自风流

张伯驹,字家骐,号丛碧,别号游春主人。因收藏康熙御笔"丛碧山房"墨宝,所以号"丛碧",因获得"唐画之祖"《游春图》别号游春主人。河南项城人,出身官宦世家,其父与袁世凯为姑表兄弟。他与末代皇帝溥仪的堂兄溥侗、袁世凯次子袁克文、奉天军阀张作霖之子张学良,并称"民国四公子"。

张伯驹

他是近代中国的文化名人,是一位集收藏家、书画家、鉴赏家、诗词学家、京剧艺术研究家于一身的文化奇人。

他的一生最为世人所称道的是他大收藏家的身份,说他是近代中国伟大的收藏家,一点都不为过。人们说他天生就是文物收藏家,他一生似乎是注定为文物而生的。书画于他,就如其性命,基于他的酷爱与认知,为了心爱之书画,他可以倾家荡产,一掷千金,甚至不惜殒命;为了保藏他心爱之物,给其心爱文物一个应有归宿,他以博大的胸怀,在所不惜,割其所爱,无偿捐给国家,以完成他的神圣使命。

这位铮铮风骨、蕴藉风流的狷介之士,却命途多舛,岁月蹉跎,坎坷的一生让他尝尽了人间酸甜苦辣,但他始终坦然以对、大义凛然,其高风亮节、嘉言懿行,令人高山仰止。不妨让我们看看其跌宕起伏的传奇人生!《论语·公冶长》云:"始吾于人也,听其言而信其行;今吾于人也,听其言而观其行。"听其言而观其行,是评判一个人的主要准则,试看张伯驹是如何以他的言行践行他的人生。

张伯驹一生酷爱古代文物，尤其致力于字画名迹，被称为"天下第一藏"。自云："予生逢离乱，恨少读书，三十以后嗜书画成癖，见名迹巨制虽节用、举债，犹事收蓄，人或有訾笑焉，不悔。"

他千方百计，竭尽全力，收藏到中国传世最古的书法《平复帖》和传世最古的绘画《游春图》。

西晋陆机《平复帖》是我国现存最早的书法作品，距今一千七百多年前，东吴名将陆逊之孙陆机为问候好友患疾，遥祝平复的便函，共九行八十四字，笔画奇古苍劲，由隶变草之体，比王羲之之手迹还要早七八十年。此帖历经唐、宋、元、明、清，世代相传，流传有序，清室寿寝之后，此帖落到溥儒手里，张伯驹获悉后，怕国宝流失海外，千方百计想购得此帖，终于在1937年冬以四万元购得，他无比欣慰，将北平寓所命名为"平复堂"。抗战时，入秦避难，途中他将帖缝在身穿的棉袄中，视如性命，保藏之。

再说一说《游春图》，其作者是展子虔，乃北齐至隋之间上继六朝传统，下开唐代画风的大画家，后人称为"唐画之祖"。展子虔与顾恺之、陆探微、张僧繇并列为唐以前中国画史上最杰出的四大家。《游春图》原本无名款，北宋皇帝宋徽宗题签"展子虔游春图"，从此得名。此作品为中国现存最早的山水画卷，迄今已1400多年历史，然而，其画面仍然色彩明丽清晰，一幅明媚春光下，骑马乘舟的春游图映入人们眼帘。

1945年日寇投降，伪满覆灭，溥仪从宫中盗出的无数国宝散落民间，中外各等人物竞相争夺。在这种背景下，张伯驹得知《游春图》的下落，他忧心如焚。原先，他以为如此国宝，只能由国家收藏，他建议故宫博物院收藏，但未被采纳，基于他对民族文化遗产的深刻认识,基于他对古代文物的酷爱,更基于他的爱国赤诚之心,最终他痛下决心,将自己的住所(原清末太监李莲英豪宅)出卖,再加上夫人的首饰,才凑足二百四十两黄金,将国宝买下。

据说,时任南京总统府秘书长张群获悉后,致函张伯驹,愿以五百两黄金购买。张伯驹若愿意转手,即可赚得黄金二百六十两。张伯驹毅然决然函复:"伯驹旨在收藏,贵贱不卖。"如此斩钉截铁之语,可谓掷地有声,这是何等境界!

抗战时期,张伯驹遭汪伪匪徒绑架,勒索巨资,并以"撕票"相威胁。此时的张伯驹命悬一线,可他竟不顾生命堪虞,嘱夫人:"宁死魔窟,不卖家藏。"这是何等的英雄气概!

让我们听听他发自内心的肺腑之言:"不知情者,谓我搜罗唐宋精品,不惜一掷千金,魄力过人。其实,我是历尽辛苦,也不能尽如人意。因为黄金易得,国宝无二。我买它们不是为了卖钱,是怕它们流入外国。"

其心拳拳,其情切切,如此爱国之心,怎能不令人铭记与崇敬!

1949 年后,他感到欢欣,为了报效国家,1952 年,张伯驹就把《游春图》捐给国家。1956 年,他将其三十年所藏的八幅稀世珍品——包括陆机的《平复帖》、杜牧的《张好好诗》、范仲淹的《道服赞》以及黄庭坚的《草书》等无偿捐给国家。这些都是稀世珍品,均属无价之宝。

捐献这些国宝时,他曾致函时任国家文物局局长郑振铎:"予所收蓄,不必终予身,为予有,但使永存吾土,世存有序,则是予所愿也!今还珠于民,乃终吾夙愿。"其嘉言懿行,耿耿之心,殷殷之情,跃然纸上!

如此可歌可泣的事迹,如日月经天,江河行地,彪炳千秋,永垂史册,真乃"高山苍苍,江河泱泱,先生之风,山高水长"。

张伯驹天资聪颖，才华横溢，据说，20多岁时三千多卷的"二十四史"就读了两遍；二百九十四卷的《资治通鉴》，其内容从头到尾，如数家珍；唐宋诗词，可脱口而出；《古文观止》可以倒背如流。

张伯驹虽然拥有万贯家业，但他一生节俭，在生活上的朴素令人难以置信，他不抽烟，不喝酒，不赌博，不穿丝绸绫罗，常年一袭长衫，且饮食非常简单随便，始终安然若素，寒士本色！

张伯驹相貌堂堂，一表人才，面庞白皙，身材颀长，步履生风，肃立那里，平静如水，清淡如云，举手投足间，不沾一丝一毫的烟火气，张伯驹所经历的人生，被人界定为"中国现代最后的名士生活"。

这么一位"视勋名如糟粕，看势利如尘埃"的超凡脱俗之士，在1957年的政治风潮中，却因言获罪，成了右派。据云，当时章伯钧在他面前有意说些为其鸣不平的话，他坦然回答："你以政治为业，右派帽子十分要紧。我是散淡之人，生活是琴棋书画，用我是这样，不用我也是这样。"身处逆境，却如此泰然，真是人各有志。

张伯驹与当时的陈毅副总理为莫逆之交，可是，在那样的年代，那样的政治背景下，即使是元帅，也爱莫能助。直至1961年，陈毅副总理帮他离京安置到吉林省博物馆任副馆长，并赋诗相送：

大雪压青松，青松挺且直。
要知松高洁，待到雪化时。

真是政治家的预言诗，多么准确！

到了吉林博物馆之后，他认认真真地做了大量工作，工作后的第三年，他又将三十件文物珍品无偿捐给吉林省博物馆，其中包括他尤其珍爱的中国绘画史上存世最早的女画家作品——杨婕妤的《百花图卷》。

天有不测风云,在风雨疾骤的"文革"风暴中,张伯驹在劫难逃,这次更惨,竟被打成"现行反革命",批斗关押,驱逐到农村改造,已近古稀的老人连农村都拒收,他拖着羸弱之躯,返回北京,成了一个无户无粮的"黑人",只靠亲戚友人接济度日。真是风卷残荷,情何以堪!

天无绝人之路,1972年初,陈毅副总理因病辞世,张伯驹闻讯,悲怆不已,请求参加吊唁,因政治身份,不能如愿,他饱含深情,挥泪写下一长达八十字的挽联,以寄哀思:

仗剑从云作干城,忠心不易,军声在淮海,遗爱在江南,万庶尽衔哀,回望大好山河,永离赤县;

挥戈挽日接樽俎,豪气犹存,无愧于平生,有功于天下,九泉应含笑,伫看重新世界,遍树红旗。

这幅悬挂在陈毅灵堂最角落的挽联,被参加追悼会的毛泽东主席看到,引起他的注目,读罢,连声称赞:"写得好,写得好!"灵敏的张茜同志,趁机向主席汇报了张伯驹的境况,主席即嘱身边的周总理,张伯驹得此解救。于是被"黑"了四年的张伯驹,正式落户回到北京,被聘为中央文史馆馆员。1978年,张伯驹所有"问题"得到彻底平反。张伯驹成为我国收藏界的一面旗帜,成为中国文化史上一座高峰,一代名士,千秋名世。

世纪绝学　旷代奇士

王世襄，字畅安，原籍福建福州，1914年生于北京，2009年11月28日辞世，享年95岁。

他出身名门，他的高祖官至工部尚书，伯祖为清光绪年间状元，父亲早年留学法国，后任北洋政府国务院秘书长，母亲是著名鱼藻画家。王世襄就是在这样的家庭背景下长大的，按当今时下的话，那是典型的官二代、富二代。

王世襄

王世襄从小就在母亲的溺爱放纵下"玩"大的，只要对身体有益都可以"玩"。他晚年曾自谦自嘲道："我自幼及壮，从小学到大学，始终是玩物丧志，业荒于嬉。秋斗蟋蟀、冬怀鸣虫……挈狗捉獾，皆乐之不疲。而养鸽飞放，更是不受节令限制的常年癖好。"他有句广为人知的名言："一个人如连玩儿都玩儿不好，还可能把工作干好吗?"所以，他是讲究"玩"，提倡"玩"的，问题是"玩"什么? 怎么"玩"? 而他的玩，不是没有目的、毫无意义的嬉戏玩耍，更不是饱食终日、无所事事的寂寥消遣，他的玩即是学，学也是玩，他玩的是物，学的是知识，是文化，钻研的是学问。他终生在玩，终生在学，终生在做学问，玩了一辈子，做学问也一辈子，他玩的是真性情，做的是真学问。看似一般的民间老俗件，经他一玩，极为平常的"雕虫小技"却登上"大雅之堂"，黄苗子先生说他"玩物成家"，启功先生说他"研物立志"，并说其写的书"一页页,一行行,一字字,无一不是中华民族文化的注脚"。

他的玩,玩到了出神入化的境界,可以说,他玩一生,潇洒一生,享受生活一生。

他成为"中国第一大玩家"。其"家"头衔之多,令人难以想象,人们综合评述,他是放鸽家、斗虫家、驯鹰家、养狗家、摔跤家、火绘家、烹饪家、美食家、诗词家、书法家、美术史家、民俗家、漆器家、明式家具家、中国古典音乐史家、文物收藏家、文物鉴定、鉴赏家,实际上,一句话,他是文博界的大专家。

他出版的专著就有《明式家具珍赏》《中国古代漆器》《中国古代音乐书目》《蟋蟀谱集成》《髹饰录解说》《锦灰堆》等20多部,震撼中外文博界。《明式家具研究》中英文本的问世,被称为继郭沫若的青铜器、沈从文的服装史之后,中国古代文化研究的"第三个里程碑"。此书填补了中国工艺史上一段长时间的研究空白,成为明式家具收藏者和研究者一本不可或缺的参照本。

王世襄自认,一生中做的最有意义的事有两件:第一件事情是日本投降后为人民收回几千件国宝,现存放于故宫博物院;第二件事是文物研究著作《髹饰录解说》的编写。编写此书,前后历30年,备受艰辛,终于于1983年正式出版,1998年修订再版。"人世几回伤往事,山形依旧枕寒流。"1949年后,王世襄任故宫博物院陈列部主任,在1953年"三反"运动中,因追回清点文物的经历,使他蒙受不白之冤,查清无罪之后,却无故被解雇,使他成了"另册"人物,1957年的"反右"风暴中,又戴上了"右派"帽子。

王世襄说:"正常遇到这样的遭遇可能会令人有两个选择,一个是自杀,一个就是自暴自弃。但是我选择自珍。"如此坎坷,他坦然面对，他充分利用这沉寂的时光，潜心研究他的"绝门"之学，他从民族文化的角度，民俗学的角度、艺术的角度，钻研挖掘出人所不知的民族传统文化，从中阐述中华民族文化之精髓。

他终生与鸽子有缘，特喜爱鸽子，他写了《北京鸽哨》《明代鸽经》《清宫鸽谱》等鸽书。关于蛐蛐，他整理一本《蟋蟀谱集成》自选集，而《锦灰堆》《锦灰二堆》《锦灰三堆》被文博界称为"奇书"。

古曲谱《广陵散》的研究。所谓《广陵散》，说的是魏晋名士嵇康为司马昭所不容，被处死前，请求弹奏一曲，曲声宛转悠扬，荡气回肠，嵇康弹毕，长叹一声："《广陵散》从此绝矣！"即刻，从容赴死，时年39岁。

《广陵散》是一支神秘的曲子，深奥莫测，王世襄为此花了大量的心血，其本人尤为看重。

《自珍集》让广大读者大开眼界，写的是很多他在地摊上购买到文物的故事，他着眼的不是什么高、精、尖的精品，他的收藏是为他的学术研究，绝不是为了投资、为了赢利，若能获得知识和欣赏的乐趣，就很满足。

畅老一生的轶事逸闻，多得不可胜数，现举两例：一是淘宝，二是献艺。一说，有一次他在北京通州一小巷的一个老太太家里，看到一对杌凳，是明代老物件，简练朴质，洗练传神，他看后很喜欢。老太太要价20元，他认为要价不高，当即掏钱，老太太感觉奇怪了，买东西怎么能不还价，立即改口说不卖了。两天后，他路过东四挂货铺，见到王四坐在这对杌凳上，一问要价40元，他心想这回别再漏了，然而口袋一摸，连定金也拿不出了，等他回家拿钱赶回挂货铺时，杌凳已被红桥姓梁的买走了。待王世襄赶到梁家，梁家兄弟就是不肯转让，王世襄无奈,一而再,再而三,隔三岔五跑一趟,他不断跑,对方不断加价,历时一年,跑了二三十趟,最后花了400元才买下,恰好是老太太当初要价的20倍。此件器物的图片收录在《明式家具珍赏》之中。

为大文人兼美食家的汪曾祺所称道并被广为流传的故事是:一次老友们相约雅集时,各人均自带佳肴,现场亲自烹制一菜,各显神通,展现身手。大家带来的有鱼翅、海参、大虾、鲜贝,形形色色,唯王世襄只带来一把葱,献出其绝活,做了一个冷门菜——焖葱,结果被大伙儿一抢而空。畅老理所当然拔得头筹。在美食方面,他善吃,善做,善品,赢得烹饪家美誉,还曾受邀担任全国烹饪名师技术表演鉴定会的特邀顾问。

王世襄一生,是精彩的一生,也是潇洒的一生。他天资聪颖,博学多才,刻苦钻研、勤奋笔耕。他活得有声有色,有棱有角,有模有样,一生硕果累累,成绩斐然,令后辈望尘莫及,不仅当下,就是将来,也很难有人出其右。

有人说,他"玩"出了前无先辈系统之论、后无来者的"世纪绝学"。

故此,坊间有句传言:一个世纪可以再出一个钱锺书,但几个世纪也难再出一个王世襄。

著名翻译家杨宪益是王世襄至交,曾经为畅老赋诗一首:

名士风流天下闻,

方言苍泳寄情深。

少年燕市称顽主,

老大京华辑逸文。

此诗是王老多彩人生的精确描述。

阅读了王老的一生，心中油然而生无限的敬意，高山仰止、心潮澎湃，感慨系之：

业绩如丘山，冠盖满京华。

一生唯自重，斯人独潇洒。

星斗其文　赤子其人

　　报载,著名作家丛维熙把自己能想起来的 20 世纪 50 年代作家的名字,挨个输入电脑,打算为他们排个队,然后从历史的角度严格筛选,结果他无奈地发现,电脑屏幕上只剩下两个名字——沈从文和孙犁,只有他们"从人格到道义,从文学到生活,都是非常完美的"。

　　沈从文是什么样的作家,他何以赢得如此高的声誉?

沈从文

　　沈从文,湖南凤凰人,1902 年 12 月 28 日生,1988 年 5 月 10 日辞世,享年 86 岁。著名作家、文物研究专家。

　　沈从文一生钟情文字,淡泊政治,然而备受政治左右,经历大起大落,却初衷不改,矢志不渝,人格不降,走完自己完满的一生。

　　沈从文,出身寒门,只小学毕业,但他追求知识,渴望学习,秉承个人的天赋与执着追求,这个只有小学文化的"乡下人",闯荡京城,期盼上大学,正式的上不了,就成了一个北大旁听生。1924 年在《晨报》《语丝》《现代评论》上发表文章,随后一发不可收拾,他一生写下五百多万字,《边城》《长河》《从文自传》是他的代表作。在国内外产生深远影响,作品被译为二十多种语言版本,先后在日本、美国、英国、苏联等四十多个国家出版,被美国、日本、韩国、英国等十多个国家或地区选进大学课本。

郭沫若与沈从文都是广为人知的才子,尤其是郭沫若。讲到沈从文,不能不说到他与郭沫若的关系,这个人物决定了他的后半生。

早在 1931 年,血气方刚,年轻气盛的沈从文竟然斗胆写了《论郭沫若》的文章,说:"让我们把郭沫若的名字置在英雄上、诗人上、煽动者或任何名分上,加以尊敬和同情。在小说方面,他应该放弃他那地位,因为那不是他发展天才的处所。"之后,还在多个场合重述其观点,郭沫若只能写诗、写杂文,不能写小说,因他"不节制"的文风,写不了小说。

这里我们不能断定沈从文的观点是否客观与中肯,然而,郭沫若的确不是靠小说而成名的,这是事实;至于郭沫若对沈从文的言论是否会心存芥蒂、耿耿于怀,人们也不可妄自忖度。然而,一个不争的事实是,17 年之后的 1948 年,郭沫若这位声名显赫的左翼强势人物,在香港《大众文艺丛刊》上发表了《斥反动文艺》的文章,文中指名道姓斥责沈从文是个专写颓废色情的"桃红色作家",说他"一直是有意识地作为反动派而活动着"。接着,北京大学校园内贴出了壁报,大字全文抄贴了郭沫若《斥反动文艺》的文章。

这突如其来的闪电,对沈从文犹如五雷轰顶,致命一击,不仅击得沈从文晕头转向,六神无主,不知所措,而且使沈从文旋即成了涸辙之鲋。在万念俱灰下,痛不欲生的沈从文,两度自杀,被救活过来的他,惊醒了。他明白了,他再也不可能作为作家而活着了,我惹不起,可还躲得起,给自己找一条退路,也是一条出路,那就是彻底改行,唯有如此,才能超生。

从此,沈从文封笔,转到从事文物研究工作。

沈从文一生就此分成了两截:1949 年以前,他是一位出了名的作家;1949 年以后,他转为一个文物研究专家。

1949 年之后,作为作家的沈从文出世了,托生为文物专家的沈从文入世了。入世文物世界的沈从文真是脱胎换骨,在那特殊的岁月,特殊的环境里,无人体会他的孤寂,更无人知会他的专注,他却能做到心如止水,以澄明的心境,以超凡的智慧,专心致志做他的学问,故有人说他是"寂寞书斋里的大学问家"。

这里不妨说一个耐人寻味的故事。20世纪 50 年代初,知名作家沈从文成了故宫博物院的一名讲解员。有一天,故宫博物院领导说:"明天有首长到院视察,大家注意一点。"第二天,"首长"来了,排在角落处

沈从文在中国历史
博物馆做解说员

列队迎接的沈从文,乍看惊了,原来是他,怎么办?沈从文心想,跑为上计,立即从边门溜出,躲了。之后,院里领导查问,沈从文只好如实禀报,来的"首长"(北京市原副市长吴晗)是他的学生,为了避免"首长"尴尬,他只好躲开,故宫博物院领导一听,也就释然了。

几十年在寂寞中做出来的学问，是难得的真学问，一部前后历时近20年，倾注了他后半生全部心血的《中国古代服饰研究》"上起商周，下迄明清，从士农工商到奴隶婢仆、帝王将相、逸士强梁、艺人舞女、达官贵人、男女老少以至汉、蒙、回、藏、苗、维、壮、瑶及高山诸族"的服饰尽收书中。全书有主图200余幅，插图700余幅。全书详尽地诠释了中国历代服饰的方方面面，如此"旷世巨著"，再也难以问世，我想，将来不大可能会有这样重量级的作家，潜心近20年做这"冷门"的学问，是否可说，这是时代的产物，是苍天的赐予！

这里还须说一点的是，此书问世时，时为中国科学院院长对文物有相当造诣的郭沫若，对沈从文这部巨著予以充分肯定，并亲自为此书写了序言。至于沈从文，自1949年以后便从未说过郭沫若任何一句不是，这就是智者的胸怀。

沈从文是一个有执着追求的人，写作和做学问是这样，在个人婚姻问题上也是如此。

1929年，经徐志摩推荐，沈从文到吴淞由胡适主持的中国公学当讲师。此时的他，遇见了清丽脱俗、气质高雅的经典美女张兆和。张兆和，何许人？合肥张家四姐妹，名门之后，其父在合肥坐拥良田万顷，富甲一方，四姐妹才华横溢，秀外慧中，身价百倍。

沈从文遇见张兆和，可谓一见钟情，不顾一切，穷追不舍，他坚持不断地给张兆和写信。张兆和对沈从文却没有感觉，对他的来信，置之不理，而且到校长那里告状。没想到，校长胡适尽夸沈从文的才能，并愿当月下老，这样，也未打动张兆和的心。执拗坚韧的沈从文不信这个邪，不管一切，坚持写他的情书，不妨摘几句这位青年作家的情语：

"芦苇是易折的,磐石是难动的,我的生命等于芦苇,爱你的心希望它能如磐石。"

"我行过许多地方的桥,看过许多次的云,喝过许多种的酒,却只爱过一个正当最好年龄的人。"

这诗一般的语句,充分体现了沈从文这位青年作家的风韵与神采。

精诚所至,金石为开。在沈从文锲而不舍的穷追下,张兆和心软了:"自己到如此地步,还处处为人着想,我虽不觉得他可爱,但这一片心肠总是可怜可敬了。"经过近四年的努力,沈从文终于梦想成真,如愿以偿:"如果爸同意,就早点让我知道,让我这乡下人喝杯甜酒吧!"张兆和即回电报:"乡下人,喝杯甜酒吧。"这就是当年他们的一唱一和。

婚后,由于环境等诸多因素,他们有过磕磕碰碰,终归厮守一生。1988年5月10日,沈从文在京辞世。

沈从文逝世后,张兆和回忆说:"……真止懂得他的为人,懂得他一生秉承的重压,是在整理编选他遗稿的现在。过去不知道的,现在知道了;过去不明白的,现在明白了。"她深情地说了句:"斯人可贵。"

家乡湖南凤凰县人民,将沈从文接回家,墓碑选用的是一块不规则的高一米九的天然五色石,碑正面镌刻沈从文自己的话:

照我思索,可理解"我"。

照我思索,能认识"人"。

碑的背面是张兆和远在重洋的妹妹张充和撰写的：

> 不折不从，亦慈亦让；
> 星斗其文，赤子其人。

挽联中嵌着"从文让人"四字，绝妙联语，是沈从文完美人格的结语。

沈从文告诉世人，只有认认真真读他的书，照其思索，才能理解"他"，照其思索，才能认识"人"。

文人·文房·文玩

　　大抵称得上文人者，似乎都讲究为自己营造一个独立的小天地、属于读书人的独有空间，那就是书房，雅一点叫书斋。文人雅士们十分讲究给自己的书斋命名，或以明志或以自勉，或以寄怀，蕴意隽永，耐人寻味。书斋成了他们精神生活的栖息地，安顿心灵的家园，这里既是他们饱读诗书、著书立说之处，也是他们静谧思哲，怡情修身之地。他们终日乐在其中，在此度过了生命的大部分时光。室内优雅别致、别有洞天；室外风光无限、气象万千。他们身居斗室，心系天下。有人说："关上门，自己是整个世界；敞开门，整个世界在自己。"因为，凡属真正的知识分子，他们终生的使命是："为天地立心，为生民立命，为往圣继绝学，为万世开太平。""居庙堂之高则忧其民，处江湖之远则忧其君。"这是历代爱国文人的共同情怀。

　　此时此刻的我，浮想联翩，遥望中华民族的天空，星光璀璨，而深深地定格在我脑海里的记忆是先哲前贤们的警句名言，微言大义，言犹在耳！明末东林党领袖顾宪成为东林书院撰写的名联：

　　　　风声、雨声、读书声，声声入耳；
　　　　家事、国事、天下事，事事关心。

　　十分明了，读书人，要读书，更要关心国家大事。

　　晚清名臣左宗棠，在未显达前，困顿寒酸，箪食瓢饮，一文不名，但他并非心灰意懒，乃志存高远，那时的他，曾书一联：

身无半亩，心忧天下；

读破万卷，神交古人。

身处逆境的他，依然心系天下，他知道只有饱学诗书、满腹经纶，未来方可指点江山，挥斥方遒。这就是左宗棠的远见卓识。

中国近代史上的风云人物梁启超，为自己的书斋起名为"饮冰室"。"饮冰"二字，语出《庄子·人世间》："今吾朝受命而夕饮冰，我其内热与？"讲的是一位叫沈诸梁的大臣，上朝时受命于国君的重任，事关社稷安危、心中忧心如焚，火烧火燎。回到家中，饮冰水，一解心中烦躁。梁启超以此为斋名，并以"饮冰子"为笔名，意在表明忧国忧民之心。他于"饮冰室"内书写了一千四百万字的著作，成为一代文坛巨擘，梁之《饮冰室合集》共 148 卷，曾经产生"饮冰一集，万本万遍、传诵国人"的社会影响，梁启超五十岁时，其友罗瘿公撰联以贺，曰："每为天下非常事，已少人间未见书。"那时，梁启超的每一篇文章，每一声呐喊，都激荡中华大地。台湾诗人余光中参观梁启超故居时、留言："其室名冰，其人犹热。"可谓精到恰切，情见乎辞。

当代著名作家叶永烈，可谓著作等身，硕果累累，迄今已出书 130 多部，2000 多万字，作品 200 多次获奖。他的书房取名"沉思斋"，这位天资聪颖、博学多才的作家，一直在历史与现实的隧道里沉思。从科普文学到纯文学再到传记文学，其传记文学作品均是"大题材、高层次、第一手"，他探骊得珠、竭泽而渔，所写文章，取精用宏、挥洒自如、清晰流畅，其作品畅销海内外。

十多年前因登上中央电视台《百家讲坛》而知名的清史专家阎崇

年,他认为一个人立身处世,要"四合"——天合、地合、人合、己合。故此,他给自己的书房起名为"四合书屋"。他于"四合书屋",潜心钻研逾半个世纪,终于厚积薄发,于2014年5月出版了800多万字25卷本的《阎崇年集》。他从史鉴中得出"中华民族合则盛,分则衰;合则强,分则弱;合则荣,分则辱;合则治,分则乱"的结论,可谓崇论闳议,至理名言。

著名散文作家王巨才,他将自己的书房冠以"退忧室",取进亦忧,退亦忧,以天下之忧为己任之意,忧乐总为苍生梦。近期作家出版社将其《退忧室散稿》《退忧室散记》《退忧室散集》诸文作为系列出版,以体现作家忧国忧民的拳拳之心、殷殷之情。

文人文房,成千成万,数不胜数,大大小小,各式各样,有简有繁,有俗有雅。顶级的书斋当属清高宗乾隆皇帝。其书斋位于故宫博物院养心殿西暖阁,斋名为"三希堂"。皇上御笔"三希堂"匾额,两侧对联:"怀抱观古今,深心托豪素。"何以称"三希堂"?因为乾隆在这里贮存三件古代稀世墨宝:晋朝大书法家王羲之的《快雪时晴帖》、王献之的《中秋贴》和王珣的《伯远帖》。故取名"三希堂"。

据资料所示,"三希堂"创立后没过几年,就增收了晋以后历代名家一百三十四人的作品,包括墨迹三百四十件以及拓本四百九十五种,囊括了中国历代书法之精品。"三希堂"空间不大,仅是个八平方米的小小书斋,然而室内纳天下之珍宝,陈设极古朴典雅,真可谓小中见大,这里足见证一代盛世的人文辉煌。

这里,不禁使人们想到"扬州八怪"之一的郑燮书房的楹联:"室雅何须大,花香不在多。"

书房不在大小,更不在于是简陋还是豪奢,唐后期著名文学家刘禹锡的《陋室铭》阐明了观点。这篇千年传诵不衰的名作孕出："山不在高,有仙则名;水不在深,有龙则灵。斯是陋室,惟吾德馨……可以调素琴,阅金经。无丝竹之乱耳,无案牍之劳形。南阳诸葛庐,西蜀子云亭。孔子云:何陋之有?"

这一名篇,寓意深邃,韵味无穷,说明只要是品格高尚之人,其斋室是大是小,是豪还是简并无妨碍,只要志趣高远,何言陋室?诸葛亮住南阳草庐却眼观天下,扬雄住成都玄亭却不忘著书立说。至于胸无志向,品格低下者,即使身居广厦也无补其主人精神的空虚,道德的卑微,人格的渺小。

最后说一说文房用品及其陈设器,属文玩,亦称文房清供,因是文人所用所喜之器,特具文化韵味,收藏者均知此类藏品历来备受青睐。

寿山石人物笔插　　　　　　花有清香笔筒

　　文房用品或陈设器,品种式样,丰富繁多,形形色色,不一而足。大的如书桌、书橱、博古架、花架,茶几,匾额、楹联,名人书画。案桌上置放的除"文房四宝"笔、墨、纸、砚外,还有墨盒、墨床、镇纸、笔架、笔筒、笔洗、臂搁、水注、水丞、印盒、印章、印泥等。印章集金石之美,印泥融花木精魄,墨盒乃案上奇葩,五彩笔筒、青花笔洗、红木笔架、青铜镇纸,各尽其妍,妙趣横生。

牛栏拾"宝"记

人生有缘,人与人之间有缘,人与物之间亦有缘,这里,且说一则与人与物结缘,我在牛栏拾"宝"的逸闻趣事:

20世纪末,我步入收藏行列,为此结交了藏界的一些朋友,其中一位操姓友人,虽农民出身,文化不高,而智商、情商皆不低,待人接物,礼貌热情。那时的他开一家古玩店,维持着一个家。有一天,我到他店里,他说:"金老,听说你喜欢有文字的东西,我在乡下见到一件东西,密密麻麻都是字,不知你是否喜欢?"我说:"能否给我引荐一下,我看看!"没想到几天后,他竟雇了一辆车开到我家门口,说道:"金老,我带你去看那件东西!"他的热情友好,令人感动!他夫人也一起去。上车之后,他即与我约法三章,嘱我只看那件东西,其余的事就不要参与了,我即答应。到目的地之后,在村头见了三家人的东西,基本上都是出土瓷器。我守承诺,心平气静,只观不语,他们共选购了八九件东西,颇有收获!最后,到村尾的一户人家,小操跟主人说明来意之后,主人直接带我们到房子右边的牛栏里,从稻草堆中翻出一块黑不溜秋的东西,锈迹斑斑,正、背面都是字。仔细凝视,方知是一块铁铸的墓志,提起来,很沉。这样的东西,主人当然不会把它置于厅堂上,更不会把它放到卧室,只好把它丢置牛栏的角落处。当时我见到之后亦似懂非懂,觉得有点怪异,墓志都是石板镌刻的,怎么是铁铸的,值得带回探究。问其价格,说,有人曾出300元,我们不卖。原来是三人共有的,说要征得另二人同意,看来,东西,今天是买不成了。小操夫人临上车时主动出面跟货主商酌了一阵,货主到房间里通了一个电话，出来笑言，280元，合适，你们拿走吧！此时，我也无法还价，就应纳了。这件东西成交后，主人忽然说有件好东西，你们要不要。我说，给看看。主人到房间的柜子里取出一只小碟子，不是瓷的，而是褐色的石头磨制的，十分精致！他说，很多人看了，都想要，我问什么价，他说，不二价，八千元。东西值得研讨玩味，但，价格，不是我等可问津的。那时的我，那时的钱，一介穷儒，只能玩几十元、几百元的东西！我只好说，今天没带那么多钱，过几日，再跟你们商量吧！我们也就笑而告辞了。

后来才听说，这座墓共出土60多件东西，他们都逐一卖掉，唯一留下二件，一件就是这块墓志，似乎人人都不看好它：一笨重；二蓬头垢面，面容不清；三视为不吉利之物。听说，有人出30元，有人出50元，最高者出60元。碟子，大家都看好，可是要价太高，无人承应，故亦落下！

墓志到我处之后，时为市文联主席的赵勇先生见到后，十分赞赏。他提出能否转让，亦可以建盏交换！在他眼里，起码为国家二、三级文物，其历史文化价值，不可小觑！另有一位王姓古董商，让人捎信，他愿以2500元购此墓志。因为他已买下那只黑石磨制的碟子，他确认是墨玉碟子，价值连城，而墓志有元祐六年确切年款，因同出一茔，可以佐证其"墨玉"年代，得"志"乃为卖"玉"，商人之智也！

墓志，世上所见，几乎都是石刻的，此方，却是铁翻砂铸成的，极其特殊，可谓罕见！

墓志，高33厘米，宽26厘米，厚1.8厘米，加座直立，45厘米。正、背两面216字，棕赤色，锈迹斑斑，边缘因锈严重，个别字已模糊不清。

墓志

　　志，没标题，开头直书："大宋国，福建路，建宁军，建州崇安县，新丰乡，吴屯里，吴屯社前，广德军司理参军，吴瑞行，年五十三岁，元祐六年八月丁酉朔……"

我想，墓志的庐山真面目，待来日，权威专家们为其撩开面纱吧！

此文只记叙一下墓志自面世之后从蹲牛栏到进藏室的经历，此类事，说少也不少，说奇亦不奇，不仅物，人亦然！

墓志与墓碑是有别的，立于墓道前者为碑，进墓地即可见，墓志则是深藏墓穴里，只有打开坟墓，方可见到。墓志内容一般标明死者身份、死亡时间，记叙死者生平事迹，文字简约。

墓志，一般庶民是不具有的，在古代几乎是有钱、有地位的人死后才具有的。有些请名人撰写，文献记载，历史上文学大家韩愈、柳宗元、欧阳修、王安石、苏东坡等名人均为他人写过墓志铭。

考古学家，十分重视墓志铭，它是最真实最确切的岁月记载，认定死者身份唯一可靠的证据。

墓志，历史文化也！

说地谈天话收藏

一

文物、古董、古玩，简言之，系历代有价值遗物之通称。文物是学名，古董（骨董）、古玩、文玩是别称，它们既相同又不同，故不能等同，文物涵盖一切，古董、古玩、文玩不同于文物，它们已为特殊商品，可进入市场交易拍卖。

文物有地面文物、地下文物、水下文物，故有出土文物、出水文物、传世文物，有可移动文物和不可移动文物之分。

"文物"二字最早出现于春秋战国时期，是礼乐典章制度的统称。

著名收藏鉴赏家吴树先生给文物的内涵下了一个确切而深刻的哲学定义，他说："文物是一个国家、一个民族不死的记忆，它用物质的形式储存着不同时代的人文信息，传承着国家、民族生生不息的基因密码。"

历史文物是古代先民智慧的结晶，是我们民族的瑰宝，它见证了民族的历史，负载着民族精神，文物是我们伟大中华民族的"根"与"魂"。

人类从远古走来，一路上筚路蓝缕，一程又一程，一代又一代，一朝又一朝，生生不息，绵延不绝，历经多少千辛万苦，留下多少纷繁复杂的生存记忆，人类的生存记忆记载的就是历史。

如今，我们自豪地说，中华民族有五千多年的文明史。我们何以能如此理直气壮地宣告？那是因为我们有灿烂的红山文化为证。20世纪初，考古学家在内蒙古赤峰市发现了二十多处新石器时代的遗址,是为红山后遗址,专家们称其为"红山文化"。之后,考古学家进一步发掘了东山嘴、牛河梁遗址,发现了五千多年前的祭坛、女神庙、积石冢群址,并发现了玉文化。其中,玉猪龙是新石器时代红山文化的典型器物,这一重大考古发现使五千多年的中华文明史有了重要的史前遗存为佐证,红山文化在中华文明发展史上确立了重要地位。

又如,现在人们均知,我国最早的文字是甲骨文,是古人刻在龟甲和兽骨上的文字。然而,甲骨文的发现极具传奇色彩,甲骨文沉睡地下三千多年无人知晓。历史延宕到19世纪中叶,河南安阳小屯村的农民耕地翻到骨头随意扔在地头上。据传,一个名叫李成的剃头匠,身犯脓疮,没钱医治,就把地头捡到的骨头碾成粉,当药敷上,结果,其病奇迹般好了。消息传开,旋即引起轰动效应,人们纷纷收捡这些骨头,当作中药材,称为"龙骨"卖给药铺。

再说,时至1899年,著名金石学家,大清国子监祭酒王懿荣得疟疾,在中药的入药"龙骨"上发现细小整齐的字符,很像古代文字,对金石学颇有研究的王懿荣,即刻引起注视,并花重金收购甲骨上千片,他潜心研究,辨识出"日""月""山""水"等字,还找出商朝几位王的名字,经他鉴定确认这些甲片来自河南安阳商朝的都城遗址。

王懿荣成为甲骨文的发现者,这一发现,使沉睡几千年的文明得以唤醒,使人们识知被弃之地头的骨片乃真正是吉光片羽、价值连城的文化瑰宝。继而,一些有识之士如王襄、孟广慧、端方、刘鹗、罗振玉、王国维、董作宾、郭沫若等资深学者不懈探索,不辍著述,由此廓清了殷商这段历史,从而揭开了我国最早文字的神秘面纱,找到了汉字的源头,使人们认识了汉字的今生前世。

还应提及一句的是,王懿荣发现甲骨文后的第二年,八国联军侵华,他毅然殉国,但他的名字与不朽的甲骨文千秋名世,万古流芳。

甲骨文成了当今显学和一门深邃的国际学问。

由此可见,文物的价值及考古的意义。

二

所谓"收藏",顾名思义,一是收,二是藏,把历代遗留下来有文化价值的物品收集起来,把它进行条理化地整理妥善保存,并对藏品逐件解读,品赏其蕴含的文化内涵,这才叫"收藏"。

收藏是一门很深的学问,也是一门综合性的学科,其知识浩瀚深邃,没有人能以穷尽。

收藏有着悠久的历史,可以说,有了人类就有了收藏,因为人类有天性癖好。据考古发掘发现,早在距今一万五千多年前的山顶洞人就把吃完的鱼脊骨收集起来,串成"项链"挂在脖子上,这就是我们祖先最早的收藏。

古董、古玩是不可再生的特殊商品,它是物质的,也是精神的。你把它作为商品,投入市场交易买卖,它是有价值的物品,那是物质层面的;然而,它又是有文化内涵的艺术品,你收藏它,解读它,鉴赏它,在赏玩过程中得到精神享受,开心益智,怡情悦性,陶冶情操,净化心灵,它是精神层面的。

人们的衣食住行属于物质生活,人类生存离不开物质生活,但是光有物质生活是不够的,还要有精神生活,光物质富有,不能说真富有,物质富有之后,精神上也富有才是真正的富有。

古往今来,人生于世,谁不寻求幸福快乐?幸福快乐的方法多种多样,所形成的结果有高低之分和雅俗之别。

收藏是人类社会物质文明和精神文明遗产的巨大宝库;收藏是启迪人们智慧、增长人们知识、陶冶人们情操的高雅的文明社会活动;收藏是保护传承传统文化遗产,促进社会进步,利国利民的举动。

收藏古玩,集古藏珍,鉴定品赏,堪称一项高品位的娱乐,它是一种心旷神怡的自娱,安然若定的纳福,气定神闲的享受。当你神游于人类历史浩瀚之海,采撷绚丽之珠时,那种莫名的兴奋将无以言表;当你闲暇之中,不时掏出你所藏钟爱之物细细品味时,古物所蕴含的古趣、雅趣,实在妙不可言,那种怡然自得,甘之如饴的感觉,真让人其乐无穷;当你与同好雅集,切磋交流,仁者见仁,智者见智,各抒己见,妙趣横生,不亦乐乎。

三

收藏者的必备条件是:眼力、财力、魄力、毅力和心力。

眼力,就是有一双火眼金睛,一眼便洞察出站在你眼前是李逵还是李鬼。当然,除了明察秋毫、辨明真伪、一目了然之外,还要以你眼光去解读物品,审视其文化内涵,评定其所蕴含的文化价值和经济价值。眼力是第一,是前提,没有眼力,收藏无从谈起;没有眼力,即使你家财万贯,亦将让你将一切付诸东流;没有眼力,魄力越大损失也就越大,所以说眼力是前提。

眼力是知识,是学问,是经验,也是智慧。这种知识,不光来自书本,更重要的是来自实践,实践出真知。学游泳者,在岸上观看是永远学不会的,只有下水,甚至在不断的呛水中学会游泳。收藏亦如此,必须到实践中去摸爬滚打,在不断交学费中总结经验教训,从而练就一双慧眼。

财力是基础。古董、古玩是可交易的物品,进入市场就是买卖,你没钱,买不起,眼力再好,也只能干瞪眼,你垂涎欲滴,也只能白流口水,望眼欲穿,也只能望洋兴叹,囊中羞涩,徒奈我何?想进入收藏界,没有一定的经济条件是不行的。然而,也要看到,任何人和物都是分等级的,百万、千万是交易,十元、百元也是买卖。不同的人物,不同的物件,不同的身价,可以有不同的收藏,有"阳春白雪",也有"下里巴人",有富收藏,也有穷收藏。笔者,就是一介寒儒,一个没钱人,二十多年来,收的就是几十元,上百元的物品。我量力而行,驾驭收藏客体,日积月累,亦有所收获。

魄力,就是气魄,胆识,果敢、决断。好东西,你有缘遇上了,你看中认定了,就该当机立断,毫不迟疑,不能三心二意,犹豫不决,该出手时就出手,机不可失,时不再来,否则,会因你的优柔寡断,留下失之交臂的遗憾!

毅力,就是坚毅有恒,锲而不舍,不能浅尝辄止,不能三天打鱼两天晒网,或一曝十寒,不能半途而废,有始无终,要始终如一,要年复一年,穷年累月的坚持,才能积少成多。

心力,就是内心的力量。心胸要坦荡,心态要平和,始终保持一颗平常心,在寻宝觅宝过程中,即使捡到漏也不要喜不自胜,买到伪品劣品,也不要火烧火燎,惘然若失,以至耿耿于怀,怏怏不乐。要有豁达的心态,拿得起,放得下,不以物喜,不以己悲。而更重要的是,要有家国情怀,一定要明白,你收藏文物古董,乃是为国家、为民族保藏保护文化遗产。你既是文物的守护者,也是文明的传递者,职责是保藏保护,任何时候,任何情况,都不能在你手中使文物流失国外,这是收藏者最基本的道德底线,国家利益永远高于一切。这应是你头顶上的一盏灯。

四

古玩收藏之要义:真、精、新、稀。

真,是收藏的第一要素,"失真"了,就毫无价值可言,辨真伪,是首要。当下古玩市场,五花八门,真伪相杂,鱼目混珠,赝品充斥整个市场,甚至可说古玩市肆中很大部分是赝品,要寻觅到一件真正有价值的古品,那可是沙里淘金,千载难逢,台湾铜器鉴赏大师徐达成先生坦诚言:"一年 365 天,只有一天能遇见一件上乘的珍宝,其余的 364 天只在跟赝品打交道。"可见如今寻到有价值的真品有多难。

精,就是精品,是指原创性,原汁原味的作品,这是指年份高、工艺精、品相美、成色佳、存世少的艺术品。收藏者一定要有精品意识,求质不求量,真正有价值的是精品。精品人见人爱,百年都不赖。精品是成功收藏的永恒主题。

新,即"全",乃指器物的完整性,里里外外,周身上下,完整无缺,没有瑕疵。如瓷器,就有俗语"瓷器有璺,不值一文"之说。凡是有隙有缺,都是大忌,其价值将大打折扣,一般而言,只值十分之一价。

稀,即"珍罕"之品,俗语"物以稀为贵",少而难得谓之"稀",少而特殊谓之"奇"。稀奇之品,可遇不可求,收藏者,有缘的,平生可遇见一两次,无缘者,或许一辈子都难以遇见。倘若,与你邂逅了,那是缘分。旧时的古玩商人就总结一句名言:"宁愿千金收购稀有奇特,不花贱钱买一般平凡。"碰上机遇了,能否抓住,只看个人,千载难逢,机不可失,时不再来,这是常理。

<h1 style="text-align:center">五</h1>

据说,全国藏界队伍已逾七千多万人,这支队伍可谓浩浩荡荡,介入者,每人的目标和目的是不一的。有人是为了传承文化,有人是为了志趣爱好,有人是为了投资盈利。而大量的是古玩商人,乃以此为业,赚钱养家糊口,或借以发家致富,真正为传承文化而收藏者只占百分之一、二。说来也奇,相映成趣的是,市场里确具收藏价值的真品,也只占百分之一到百分之二。市肆中,百分之九十九是伪品和劣品,九十九个人面对百分之九十九的假货,真真假假,假假真真,构成了包罗万象、无奇不有的古玩世界。

古玩世界并不神秘,收藏也不是什么惊天豪迈之举,只不过市场化的古玩天地,好生热闹而已,走进古玩市场你所看到的风景是:人头攒动,人声鼎沸,熙来攘往,联翩而至,络绎不绝,天下熙熙皆为利来,天下攘攘皆为利往!蹲坐者,面前摆放色美味香的诱饵,太公钓鱼,愿者上钩;手里打着小电筒,穿梭来回,左顾右盼,寻寻觅觅的是揣着梦想的捡漏者,人人都想有缘捡个漏。捡漏,打眼,相互祈盼,相互斗智,靠的机缘,比拼的是智慧,有人说,这就是古玩界的永恒魅力。

我之挚友与玩友,如今是武夷山市收藏协会会长的陈滨先生向我发问:"您老玩了二十多年古玩,它究竟好玩不好玩啊?"我坦诚答道:"好玩,也不好玩。玩得好,你玩它,当然好玩;玩不好,它玩你,那就不好玩!"

　　什么古董最贵？假古董最贵。什么人是行家？造假贩假者是行家。赝品原本两三百元，卖给你三千，三万元，怎么不贵？那些常年潜心研究造假技术，其技已达炉火纯青，所造赝品可以假乱真，东西是他们亲手所造，岂有不识之理？他们是真行家！其次是那些长年累月大江南北贩卖赝品者，对赝品的来龙去脉了如指掌，他们贩卖的赝品成千上万，见多识广，他们是市场里摸爬滚打出来的行家。我认识的一个古董商靠经营古玩赚了不少钱，他有一句名言："什么叫真货假货？卖得出去就是真，卖不出去就是假。"我还认识一位更老道的古董商人，他宣称："我手上无假货。"理由是："过得了我的眼光，我看是真货，就没有人会说它是假货，进得来，就出得去。"他是"真行家"。古玩界流传调侃之语："专家不如行家，行家不如玩家，玩家不如仿家。"

　　衡量一件古玩，对收藏家来说，历史文化价值是主要的，经济价值是次要的；对古玩商人而言，他们主要是买卖，是赚钱，他们只讲经济，不讲文化。

　　三十年河东，三十年河西，事物总是会变的，古玩市场亦如此。三十年前，有人会把国宝忽视为废物，如今，多数人则把废物视为国宝。曾经的岁月，只要你有心，随处有漏可捡，而今你稍不小心，你将成了"漏"，被人家所捡！市场的规律，一般而言，只有错买，没有错卖，所以如今的古玩市场，捡漏者少而又少，打眼吃药者多了又多！故人们感叹，古玩这潭水，太深，太浑！亦因如此，多数人逐渐清醒，趋于理性，浮躁纷乱的古玩市场，也日渐平静且清凉多了。

六

人在成长过程中，免不了拜师求学，学习收藏更应拜师学习，求教高人。

集收藏家、鉴定家、鉴赏家于一身的马未都先生，是当下中国收藏界的传奇人物，他机敏睿智，是文博界的先觉者。当中国改革开放的大门刚开启，大多数人还在懵懂之中，他眯缝的眼睛里闪烁着智慧的光芒，洞察到时代的曙光，在文化废墟中瞧见了满地的宝贝。他捷足先登，尽情地捡宝淘宝，终于集腋成裘，聚沙成塔，卓有成效地建成一个蜚声中外的观复博物馆。他登上中央电视台《百家讲坛》，赢得一片喝彩，为此，他本人亦被国人所收藏，他走到哪里，就把文博知识撒到哪里，把原本边缘化的古玩文化推向主流，他成了收藏界的一支标杆，成了文化界的一张名片。他是当今藏界大佬，又是文博界的宿将，时势造英雄，英雄造时势，在他身上得到充分的演绎。倘若说，中国收藏史上曾出现多次收藏高潮，而这次高潮的到来，马先生是推涛作浪者，他是典型的弄潮儿，他成了新时代文博界的高峰，将成为中国文博史上绕不开的人物。如今的他，成就斐然，大家风度，夫唯大雅，卓尔不群。

人们想步入收藏界，马先生是名副其实、当之无愧的马老师，他真正可给你传道、授业、解惑；他会借你一双慧眼，将雾里看花的古玩世界看得明明白白，真真切切；他会谆谆教导你，如何以文化说事，明白做人。

感受文明　感悟人生

　　我是一位芸芸众生中普通的收藏爱好者，基于对绵长而灿烂的中国历史文化的痴迷爱好，也由于退休后的闲暇，不经意间收藏了一点先人遗留下来的文化遗物，亦可以说是玩古玩。借此打发时光，并聊以自慰。十多年来，我在所谓的收藏道路上，摸爬滚打，踽踽而行，其中所交的学费、所付的艰辛，是难以用一言两语可以表达的，至今，在物品收藏上收效甚微，在精神层面上，却受益匪浅。

　　古玩是一门很深的学科，其博大精深，可以说任何人一辈子都学无止境。如古陶瓷这一门：断时代、辨窑口、识真伪、评价值，这四点，就是古陶瓷鉴定的最基本要素。要学会这四点是很不容易的，其学识、其眼力、其功底不是你一朝一夕就能学到的，除了你刻苦学习专业理论知识外，主要靠对真伪器物的对比观察、细心研究、反复揣摩，靠与藏友们经常交流鉴赏及了解不断变化的市场动态。

　　有人说，古玩收藏是有钱、有闲人的游戏与专利。此话不无道理，但也不尽然，在一定层面说，普通民众也可以收藏。文物是分等级的，那么，收藏者不是也可以分高低，有"阳春白雪"，就有"下里巴人"。我想，全国七千万的收藏大军大部分都不是有钱人。普通爱好者，主要应是自娱自乐，只要正确理解收藏的真正含义，通过对人类历史文化遗产的珍惜品赏，从而感觉历史，感觉文化，感觉艺术，感觉人生，从中得以启迪，受到教益，愉悦精神，陶冶情操，净化心灵。一件物品，不管价格高低，只要是艺术的，美的，你爱，你喜欢，你慢慢把玩、细细品味，与物结缘乃情趣，有品为伴自安闲，给你带来的是怡然身心,益寿延年,这就是价值。所以,真正意义说,玩古玩,就是玩文化,玩意境,玩心态。

当然,步入收藏这行列,可谓是苦乐并行,收藏者是快乐的,可也是艰辛的。在这物欲横流、人心浮躁的社会环境里,面对千奇百怪、斑驳陆离、深似大海的古玩市场,你能慧眼识真,海里捞针,沙里淘金,那是十分不易的。有人"捡漏"淘宝,更多的人"走眼吃药",你寻寻觅觅,很可能让你凄凄惨惨戚戚!然而,这也是古玩市场的魅力所在。

对于收藏者的历境,使我想起了近代著名学者、《人间词话》的作者王国维大师所云:"古今之成大事业,大学问者,必经过三种之境界:'昨夜西风凋碧树。独上高楼,望尽天涯路。'此第一境也。'衣带渐宽终不悔,为伊消得人憔悴。'此第二境也。'众里寻他千百度,蓦然回首,那人却在灯火阑珊处。'此第三境也。"

王国维大师所指出的是成大事业、大学问者所经历的境界,那么,收藏者,尤其是收藏家所经历的寻寻觅觅的淘宝过程,不也就是此情此景吗?

这里大师所引的三段词:一、晏殊《蝶恋花》;二、柳永《凤栖梧》;三、辛弃疾《青玉案》。柳永这位《乐章集》的作者是"凡有井水饮处,即能歌柳词"的煊赫著名的大词家,就是武夷山市五夫里人,这充分体现武夷山的文化遗产多么厚重。

这里,我想需要特别指出的是改革开放的春风给古玩业的复苏带来了勃勃生机!过去,古玩这一行,乃是禁区,还有"玩物丧志"一说,人们不敢提及,更不敢涉足。而今,国家处于繁荣昌盛的时代,政治稳定,经济繁荣,社会进步。全国人大修订了《文物法》,允许、鼓励民间收藏,近年来,全国多地城市古玩市场勃然兴起,多地收藏协会雨后春笋般应运而生,盛世收藏已蔚然成风,国家藏宝于民的收藏文化政策已产生了明显效应,据说,全国已有七千万收藏大军,可以说,一个盛世收藏的黄金时代来临了。

我算不算是全国七千万收藏大军的一员,不敢说,但我确实是一个收藏爱好者。我认为,人需要有一点爱好,没有一点爱好,生活就显得乏味,爱好是一个人的"神韵"。我虽年届古稀,但我还很热心,很投入,很执着,仍孜孜不倦,不辞辛劳。只要精神尚好,我还不停地学习钻研文博知识,对文博专业书籍我不感到枯燥无味,我每读一本书,就感到自己是在与历史对话,与文化对话,与艺术对话,与古人对话。向文化圣人学习,与聪慧者交流,与智者谈心。故,退休后,我不感到无聊、空虚、寂寞;晚年生活,我感到充实,惬意、舒坦。对社会、对现实、对他人我均感到满眼春色。这都得益于传统文化对我的极深影响,儒家的正气,道家的清气,佛家的和气,文化如水、融通人心。

我认定了自己是一个极其平凡的人,基于这一点,我满足于个人的世俗年月,庸常岁序,我亦深感,生命之轻,人生之短。尽量争取亦俗亦雅,度过自己的余生。

晚岁之境

天天勤拂拭　岁月不蒙尘

　　我 1937 年 12 月生,已八十有三。苍天赐福,迄今,我仍神清气爽,眼不花,耳不背,腰不弯,脚不拐,步履稳健,记忆不减,思维敏捷,还能骑着自行车随意兜风。有人问我:"您老如此康健,定有独家养生秘籍。"我说:"哪有什么养生秘诀? 我只是不断寻乐而已。"

　　值得庆幸的是,老天假年,让我赶上祖国繁荣昌盛的好时代。在天命之年的我,衣食无虞,岁月静好,说不清,道不明的缘由,让我徒增了一项志趣,那就是对古物的迷恋与收藏,而且一发不可收,直至迟暮之年,依然执迷不悟,甚至嗜痂成癖! 收藏,成为我后半生唯一的爱好。

　　我的爱好,我的痴迷,我的执着,都基于对历史传统文化的敬畏,对人类文明物证的守望,对盛世时代的感恩。故此,三十多年的岁月,我粗茶淡饭,节衣缩食,点点滴滴,积攒一点钱,全花在我喜读的书籍和心仪的古董上,古籍善本、古代钱币、古老瓷器、古旧杂物,只要是有年头的,有一定文化内涵的,我都特别钟情,爱不释手。几十年,寻寻觅觅,乐此不疲,在人弃我取中,每得一件,皆如获至宝,喜出望外。

　　收藏古玩,集古藏珍,鉴定品赏,堪称一项高品位的娱乐,它是一种心旷神怡的自娱,安然若定的纳福,气定神闲的享受,当你神游于人类历史浩瀚之海,采撷绚丽之珠时,那种莫名的兴奋,将无以言表;当你闲暇之中,不时掏出你所藏钟爱之物细细品味时,古物所蕴含的古趣,实乃妙不可言,那种甘之如饴的感觉,真让人其乐无穷;当你与同好雅集,切磋交流,仁者见仁,智者见智,各抒己见,妙趣横生,不亦说乎?

有人说,古玩收藏是富人的游戏。我则不那么认为,因为任何人和物都是分层次的,百万、千万是交易,十元、百元也是买卖,不同人物,不同的层次,不同的物件,不同的身价,有富收藏,也可有穷收藏。笔者乃一介寒儒,一个没钱人,几十年来,我收的就是几十元、几百元的物品,我量力而行,驾驭收藏客体,穷年累月,日积月累,迄今亦有所收获。

我的陋室里所藏的"宝贝",真正有多少件,我亦难以数清,这些是我这个"古玩界的拾荒者"在地摊上拾取的,都是大众品,在真正的收藏家眼里是不入流的,然而,你能说它没有价值吗? 也不能那么看,因为它们毕竟是历经一定岁月的老物件,存留着不同年代的历史印记,蕴含着不同时代的文化内涵,对我来说,也是经历不同的岁月、不同的场景、不同的机缘而得到的,它们为我留下不同的记忆,凝结着我半生的心血,成了我生命的符号。其中有"打眼"买赝品的心酸往事,也有"捡漏"得宝的甜蜜回忆。

近三十年来,福建闽北各地古玩市场不时闪动着老叟的身影,在森罗万象、五花八门的市肆里寻寻觅觅,在人弃我取中淘得自己认定的物品,美好的一幕幕给我留下难以忘却的记忆。这些寥落于地摊上的民间古物,不论它们来自何方,都是祖辈留下的古董,都有各自不同的身世,各有不同寻常的故事。尽管它们不是五星级酒店的海参鱼翅,而是街头巷尾的地摊玩物,然而,它们却具有我们民族不同的传统特色,别具风味。

古董、古玩,是不可再生的特殊商品,它是物质的,也是精神的,你把它作为商品，投入市场交易买卖，它是有价值的物品，是物质的；然而，它又是有文化内涵的艺术品，你收藏它、解读它、鉴赏它，在品赏过程中得到精神享受，开心益智、怡情悦性、陶冶情操、净化心灵，它又是精神的。

所谓收藏，顾名思义，一是收，二是藏，把历代遗留下来有文化价值的物品收集起来，妥善保存，并对藏品逐一解读，了解它的前世今生，品赏其蕴含的文化内涵，这才称得上为收藏。

我陋室里那些充满岁月沧桑、承载民族记忆、烙上文化印迹的古物，有缘与我邂逅之后，它们就成了我的亲密伙伴，我与它们朝夕相处，休戚与共，我心仪它，珍惜它，解读它，感悟它，鉴赏它，品评它，时时与它们对话。故此，我的晚年不孤独、不寂寥，我终日满满当当，忙得不可开交，或浸淫于文博典籍之中，或徜徉于地摊小肆之上，或沉醉于觅宝得宝的黄粱一梦。我跟同仁笑言，我实在无暇寂寞，天天寻开心，岁月不蒙尘，搞收藏，成了我益寿延年之乐。

聊以自娱的我，自乐之余，以自己的收藏品为描写对象，试写几则短文，公诸同好，《东方收藏》《收藏快报》《每周文摘》等报刊登载我之拙文二十多篇。

我之收藏，乃老来寻乐，不为谋利，只求精神，不计结果，只重过程，从中感受文化、感悟人生，一种慰藉，一分享受，怡然自得，聊度余生。一介穷儒，一生如是。

暮年的我被推举为福建省武夷山市收藏家协会终生名誉会长，每年协会年会定邀我作讲话，一众人马为我祈福，倾听我讲述我的古玩人生。繁荣盛世的新时代给我的晚年带来了获得感、幸福感，真是其乐融融。

　　为传承和保护国家优秀文化遗产,我将发挥余热,克尽绵薄之力,生命不息,玩乐不止。

山村寻粽忆乡愁

时光荏苒,似水流年,弹指间,一年一度的端午节又来临!

端午是中华民族的传统节日,节日里,人们想到的是屈原,做的是赛龙舟、包粽子,各家门前挂的是菖蒲、艾叶,墙脚边撒的是石灰粉,说是"可以驱毒辟邪",大人忙碌,小孩欢欣,到处洋溢着节日的气氛!

每年端午节的到来,我也喜,我亦忙,躬逢盛世,岁月静好的我,忙的是寻粽、购粽、尝粽。街头巷尾,凡是我能见到的粽子我都购下两三个,遇见的粽,尽管雷同,但大同小异,各家都有自己的风味,且品种繁多。腿肉粽、排骨粽、豆沙粽、花生粽,五花八门,应有尽有。我有幸加有趣,一一尝之、品之。但让我真正神往的是千方百计到乡间寻觅正宗的传统农家粽,这种粽具有浓郁的乡间风味,它溢出的香味儿,让你泛在口中,乐在心头。

近日,我们有幸到了柳永的故乡,武夷山市上梅乡一金姓宗亲那里,让我们尝到真正地道的农家粽,主人还向我们讲述农家粽的制作流程与技巧。

农家粽,按农家千年传承的传统做法,工序流程十分讲究。首先是选料配方,糯米要绝对纯正,不能含有任何杂质;其次,所用的碱是山上一种特有的小灌木烧成的木叶灰碱,当下人们称之为"土碱",用这纯天然的草木灰碱水浸泡的糯米特别柔软。用碱的量讲究比例,不能太浓,也不能太淡,浓淡适中,粽子滋味纯正绵柔,醇香适口;再次,粽叶选自山区盛产的一种野生苇叶,特称粽叶,此叶叶面宽厚,柔而韧,没有任何异味,为纯天然粽叶;而包粽子的绳子也讲究,需将粽树的大叶片撕成小片揉搓为小绳,再用以包粽,一切纯天然。

包粽也有技术含量,讲究紧密度,不能太松也不能太紧,太松则粽子涣散不黏稠,太紧又使粽心结硬。其中分寸,不易拿捏,只能靠经验和手势。至于大小也要适中,形状多样,多为三角锥体。

煮粽讲究用土灶大锅煮,用柴火烧。大锅灶煮的粽,特别熟透,黏稠均匀,内中见不到丁点米粒。农家煮粽,不惜能源,不讲时间,不计工本,只求质量。

品粽,正宗的农家粽,剥开粽叶,露出的粽,浑身金黄,让人赏心悦目,令人馋涎欲滴。你咬上一口,又香又糯又黏,香嫩可口,让你吃过一次就忘不了它,叫你永远无法忘怀。若借用杜甫《赠花卿》诗句:此粽只有乡间有,都市能得几回闻!

了不起的农家粽,道不尽的传承文明,叩问历史,思接千载,遥祭屈原,传递爱国情怀,感恩新时代,享受新生活,高山流水,清泉鸣涧,淙淙涓涓,何乐而不寻!

欲问端午何处去,山村寻粽最可人。

千年遗韵流不失,粽香撩人忆乡愁。

(本文原载于 2018 年 6 月 16 日《闽北日报》)

求学记

我出生于福建省穷乡僻壤的寿宁县大安村，祖祖辈辈都是面朝黄土背朝天的农民，世代贫苦，曾祖父、祖父、父亲都是一字不识的文盲。我兄弟姐妹七人，我是老五，1949 年以前，父母送我到私塾读了两年半的书，之后便辍学在家，成了看牛娃，看了三年多的牛。时至1952 年秋，听说学校向工农子弟开门，于是父亲恳请村农会主席写了一封保荐信。次日，我壮着胆子，揣着信赶到县中学，一位名叫李石清的老师亲切地接待我，收下了信。做梦都想不到，一星期之后，学校通知我入学，喜讯传来，顿时，全家洋溢在欢乐之中。几百年来，我家竟然有中学生了，我更是欣喜若狂，夜不能寐！

翌日，我怀揣通知书，兴高采烈地赶到学校报到。报到处的老师一查，注册名单上没有我的名字，原因是我未参加考试。怎么办？教导主任说，对我加试一下。可是，只读三年私塾的我，普通话不懂，拿一篇短文叫我读，我用寿宁土话，勉强认读一遍，好多字，不认识，停顿！至于数学全然不知，何老师出了两道最简单的数学题，我根本看不懂，竟将加减符号的加号读成"十"字，减号读成"一"字，弄得何老师哭笑不得，直摇头。我急得号啕大哭。最后，教导处请示了朱彪校长，学校决定留下了我。待期中考成绩公布，八科，我竟七科不及格，只有英语考了 82 分，因为英语大家同一起点。

如此下来，我将面临留级，我暗自哭泣。有幸的是，何宜绥老师是我的数学老师，也是班主任，他特别关心我，每天下午课外活动，让我留下单独吃小灶——补课。还有幸的是，同学中，有位陈朝清同学,他母亲是我们大安金氏宗族出去的,算是我的远房表兄弟,他天资聪颖,成绩特好,初中三年,数学成绩全为满分。他成了我情同手足的兄弟,我们俩学则同桌,食则同羹,寝则同铺,他给我极大的帮助。还有缪步植同学,他的学习成绩也很优秀,也成了我的好友,给我很大的影响。我终于克服了困难,迎头赶上,初二时,朝清同学是学校团总支书记,经他介绍,我入了团。

1955年,初中毕业,步植同学考到省林业学校,朝清同学被保送到福安一中,我考进霞浦一中。1958年,高中毕业,成绩优异的朝清同学考进中国科技大学原子核系,我到福建师范学院中文系。我们两人成了1958年度寿宁县进大学本科学习的两名大学生。我也成了寿宁大安金氏宗族八百多年来第一个大学生。

尤其要提及的是,我家贫困,经济上根本无力支持我。我从初中、高中、大学学杂费全免,一直享受甲等自助金。我的成长之路,全是党和政府铺就的,是党培育了我!

回望我之求学路,那时那景,历历在目,记忆犹新,此生有幸,我遇见了和蔼可亲的李石清老师,遇见了循循善诱的何宜绥老师,遇见了情同手足的陈朝清、缪步植同学,迄今,甲子光阴已逝,但我忆起,总是心潮澎湃,百感交集,没齿不忘,念兹在兹!

(本文原载于《每周文摘》2014年第35期)

一床棉絮

我家珍藏着一床旧棉絮,重4.8斤,单薄而坚鼓,经岁月的洗礼,原是白色的棉絮,已染上一层棕黄色的包浆,全身有十多个由各种颜色的破布头补上的补点,五光十色,色彩斑斓。这是历史的印记,岁月的留痕!说来话长,这床棉絮,迄今已99岁,它是公元1920年我的父母结婚时,母亲陪嫁来的。到我家之后,我的父母,在这床被窝里,共养育了七个子女,换言之,我们七兄妹,都在这床棉絮里诞生。

我的老家是福建省寿宁大安村,我家祖祖辈辈为农民,世代贫苦,我的祖父,我的父亲,都是一字不识的农民。1949年前,父母说,我这老五比较听话,就让我读了两年半的私塾,之后辍学在家成了看牛娃,放了三年多的牛。

1952年秋,我要上中学了,要带上一床被子,母亲想来想去,就将她陪嫁过来,全家九人都盖过的这床旧被子给我。可是一翻,棉絮已有几道裂缝,母亲就用自己苎麻加工的土线细细缝好,这床被子从此与我登上了人生的征程。

进校后,我有位名叫陈朝清的同学,其母是我金家去的,为远房表兄弟。他天资聪慧,成绩特好,我跟他学则同桌、食则同羹、寝则同床,情同手足。两人合睡一铺,两床小被子,一床为垫,一床为盖,每学期调换一次,共度三年时光。1955年初中毕业,他被保送到福安一中,我则考到霞浦一中。1958年初中毕业,成绩优异的他到中国科技大学原子核系,我到福建师范学院中文系,我们两人成了1958年度寿宁县进大学本科学习的两名大学生。怎能忘记这床被子?

　　这床被子，跟随了我一生，我们不离不弃，相依相伴。可以说，现在各样的被子都可以拥有，也都可以舍弃，唯独这床棉絮，我要永远爱惜它、珍藏它，因为它已成了我生命的一部分，它可以粉身碎骨，默默无闻，为我的一家奉献了近一个世纪，它遮盖我的身，永远温暖我的心，它成了我的家族历史的见证者，成了一件永远值得纪念的传家宝。

　　睹物感怀，忆旧思今，目睹这斑驳陆离、五颜六色的被絮，我荡气回肠，百感交集，噙着泪水，写下这则短文，以表我心！

徐荣/摄

父亲的"三难"箴言

只要拉开记忆的抽屉，每个人一生都会有特别难忘的记忆。镌刻在我心坎里终生难以忘却的是我在少年时听到父亲常说的三句话。第一次听到父亲说这三句话，那是 60 多年前，大哥结婚那年，大哥虚龄 17 岁，大嫂 19 岁，我 12 岁。那时，我读了两年的私塾，也算有点文化。过年除夕晚上，因大哥成家了，父亲特别高兴，喝了点家酿的米酒，话匣子打开，给我们全家上了一堂生动的课，这堂课只讲了三句话。

第一句话是：成家容易立家难。这句话主要是说给大哥听的。大哥已成家了，成家容易，可要把这个家立起来，就不容易了，这是一句通俗而比较容易理解的话。

第二句话是：生子容易育子难。这句话也不难理解，一个人结婚成家，生个孩子并不难，难的是把孩子养大，光把孩子养大也并非太难，真正难的是把孩子培育成才，让天下父母揪心的事是孩子的养育问题。

第三句话是：赚钱容易用钱难。乍一听，令人有些懵，应是用钱容易赚钱难才对，用钱怎么还会难，有钱谁不会用？父亲却说用钱难。在他看来，为了生计，人生谁都离不开钱，然而，首先要认识钱，贫苦百姓赚的都是辛苦钱，一分一厘都来之不易，要懂得爱惜它；其次钱要用在实处，把钱花在刀刃上，该用时才用，不该用时，一毫都不能用；用得好，钱还像老母鸡一样，给你生蛋，钱会生钱，像你们小孩冬天玩雪球一样越滚越大。所以说，善于用钱者有钱用，不善于用钱者没钱用。

他还说，有钱不一定就是好事，钱能帮人，钱也能害人。比如药，用得好，能治病，用不好，还成毒药。所以说，用钱难。还特别说到，一定要记住，钱是为人服务的，不能人为钱服务。细想一下，这句话寓意颇深，很有哲理。就说当下，有钱者可谓不少，可就因为钱，为此痴念成疾者也不少。看来，钱的问题永远是人一生的大课题。

父亲生于清光绪年间，福建寿宁大安村人。我们家世代贫苦，田无半亩，全靠租种别人家的田为生。农忙时，父亲面朝黄土背朝天躬耕；农闲时，靠脚力，用肩挑做点小生意，闽浙东山区均留下他的足迹，洒尽了他的汗水。父亲一生，靠他的辛劳，也靠他的智慧，把我们兄弟姐妹七人拉扯成人。如今父亲这个单传独子，其派下已繁衍了一百来号人；这个一字不识的农民，其后代子孙，已出大学生、硕士生20多人。在村里人眼里，我们家被视为"望族"，并说那是因为他家有座特有风水的好祖坟。其实不然，我们家族能有今天，全靠老爷子"三难"经念得好。他领悟它，总结它，践行它，为家树立了一个良好的家风，一贯教育子女，要学会做人，学会做事，学会兴家立业。

一个一字不识的农民，能从现实生活的实践中，领悟出这朴素而真实的人生哲理，怎能不令人钦佩与敬意？

父亲离开人世已半个世纪了，他留给我们最珍贵的遗产，就是这"三难"箴言，它是我们家的传家宝。

还乡记

我是寿宁大安人。寿宁，地处闽东北，偏僻而瘠贫，是名副其实的贫困县。我家世代贫苦，祖辈全是文盲。1949年前，我读了二年半的私塾，尔后就辍学成了看牛娃，看了三年多的牛。1949年后，学校向工农子弟开门。1952年，村农会给我一张介绍信，我幸运地进入寿宁中学学习。1955年初中毕业后升入霞浦一中，1958年上了大学，那年，全县只有两人上大学，我是其一。我能一路升学，全靠学校照顾，学费全免，享受甲等助学金。想不到，我这个看牛娃竟成了寿宁大安金氏家族800多年来第一个大学生。

1962年，我从福建师范学院中文系毕业，或因我体质羸弱，或因看书劳累之故，眼睛近视了，靠暑假替系里图书馆打零工挣了9元钱，配了一副眼镜。我同寝室的邓志欣同学见我衣衫褴褛，动了恻隐之心，送我一件衬衫。他是侨生，衣服是从国外寄来的，对我来说，这是难得的宝贝。在校时，舍不得穿，回家，我穿上了，鼻梁上架着一副眼镜，身上穿着会抖动的衣裳。乡亲们见到我，以异样的眼光瞧着我，这小子"洋气"起来了，此时的我，心里的苦涩和苍凉，只有自个儿知！这是我第一次返乡的情景！

时至1965年，已在建阳一中当了三年教师的我，要回家一趟，就托家在厦门的同学帮我买了一双皮鞋，记得花了16元，是我月薪的三分之一。那时我为中教8级，月薪52.5元。鞋买了，当然舍不得穿，小心翼翼地带回家，回家的第二天穿上了。这是我平生第一次穿皮鞋，崭新的皮鞋锃亮亮的，在村的周遭走了一圈，心里确实有点甜滋滋的。我这看牛娃，那时连草鞋都穿不上，只能打赤脚上山下山，如今竟穿上皮鞋，这怎能不令人感到风光无限，无比幸福？跟我一起看牛的同伴以羡慕的眼光看着我，说道："你这皮鞋真漂亮，要花多少钱呀？"我说16元，他睁了如核桃般大的眼睛，那意思，要16元，怎么舍得买？村里的干部见了，以为我是在炫耀，瞅着我的背影说，臭知识分子，摆什么阔，一个教书匠，有什么了不起！此次返乡，穿皮鞋亮相，那时的农村，确实是不合时宜，给了我一个深刻的教训，这是我第二次回乡的"收获"。

岁月如水，一晃到了1978年，年已古稀的母亲思念我说："瑞芳怎么老不回家？"因此，我再忙也要回家一趟。妻子说："你要注意点形象！"于是她给我在这山城找个有点名气的裁缝做了一套西装。我平生第一次穿上西装，第一次系上领带，第一次戴上手表。手表还是凭购物券买的，是30元的钟山表。我登上了返乡的路，从崇安坐车到南平，从南平坐火车到福州，从福州坐车到福安，再从福安坐车到寿宁城里，从城里徒步8公里抵达，花了整整4天时间才到了暌违的家。

年迈的母亲见到了我，那闪白的睫毛下噙着泪水说："还是那么瘦、那么黑！听老大说，你当上什么'长'了！这么多年了，怎么不回家？""妈，我会回来的，您在，我怎能不回家呢？"不知怎的，我的眼泪也禁不住夺眶而出！

乡亲们见到我亦十分亲热，有的亲切问："听说你当上教育局长了，你们家祖坟好！你的书没白念！"

见我身上的行头，看似西装革履，实乃不古不今、不伦不类。故此，有人背后议论我不像局长，哪有这么土的局长？在他们眼里，局长已是一个"官"，官是有官样的，我这样子，真不像，这次回家，给乡亲们留下"不像"的印象!

时光荏苒,一晃就进入新世纪。2017 年岁末,已为硕士生的孙子说:"爷爷,我们都长这么大了,您常说的家乡是什么样子,我们根本不知道,带我们回老家一趟吧!"我想,可也是,今日的寿宁不再是昔日的寿宁,听说已发生巨大变化,偏僻的山城也有了高速路,车子当天就可直达,于是下定决心全家动员。我的四个子女,早已是四个小家,他们都组成了独生子女家庭,每家刚好三口人,合为一家 14 人,加上侄儿一家 4 人,共 18 人,于农历正月初三,四辆自驾车,在往故乡的高速路上奔驰!

崇山峻岭,千岩万壑,山叠山、山连山,宁上高速的最大特点就是有数不清的隧道,幽深的隧道十分宽大,车不时地穿山而过,时而地暗天昏,时而豁然开朗。车子则稳稳当当,呼啸前行!我则尽情饱览窗外山川秀色,一座座青山,一幅幅美景,忽然听到一声,到了!真是太快了,令人惊叹不已!此时的我却陷入了沉思,20 世纪 60 年代的我,曾因沿途买不到车票,花了整整 6 天时间才到家,而今,3 个多小时就抵达。这惊人的速度,是车子的速度,更是时代的速度,祖国翻天覆地发展变化的速度,也是老百姓过上美好日子日益加快的速度!

回家了,山村的变化令人无法想象。如今的家乡完全告别了饥馑和贫乏的年代,老百姓不再缺衣少食,不再贫困潦倒,村里几乎看不到多少年轻人,他们均已走出大山,奔向四方。

村里认出我的人已寥寥无几,多数人都以惊奇的目光注视我。1952 年后我就睽离故土,迄今已 66 年,我怎能不成为异乡怪客!此时的我,倏地涌上心头的诗句是:"少小离家老大回,乡音无改鬓毛衰。儿童相见不相识,笑问客从何处来。"这岂不是我此时的真实写照吗？喜读古诗词几十年的我，这时才真切认识诗人贺知章；亦使我想起伟人毛泽东《到韶山》的诗句："别梦依稀咒逝川，故园三十二年前。"看来，无论是伟人，还是凡人，都有忆不尽的乡愁！

回家了，慎终追远，祭拜先祖，是件重要的事。翌日，我弟领路，一众人马，上山扫墓。青山隐隐，坟地森森，到了父亲的墓前，我再也无法抑制住心中的悲痛。早在1963年初，苦命的父亲，就因长期积劳成疾，又遇困难时期，刚过甲子的父亲在贫病交迫中就告别人世！父亲生前没享过一天的福，我也未尽过一天的孝，就这样天人永隔，半个多世纪过去了，每当我忆起，就会情不自禁，潸然泪下。今天，我跪拜在父亲坟前，怎能不长歌当哭，久跪不起？

然而，令人欣慰的是，生前一字不识的农民，如今，跪拜其坟前的儿孙20多人全是大中专毕业生，曾孙四人都是大学生，一个名校毕业，三个硕士生。时序交替，换了人间。父亲，安息吧！

此次返乡，受到至亲的热忱款待，因时间限制，无法一家一户接待，只好统一安排，联合招待，以表心意！

行程最后的一个晚上，大外甥连德仁在寿宁五星级的廊桥酒店宴请。站在酒店的高层瞭望，令我不敢相信自己的眼睛，这难道是我记忆中逼仄的山城吗？怎么会发生如此巨变？如今的这座山城已大大扩大，新建的东区，高楼广厦，鳞次栉比，夜晚灯火璀璨，一派辉煌。这座福建最偏远、交通闭塞、资源不丰、穷得出名的山城，如今也沧桑巨变，旧貌换新颜！

连德仁同志是寿宁的一位老干部，他任过县委副书记、县政协主席，他向我们讲述，习近平总书记在闽工作期间，曾九赴寿宁，三进下党，他八次陪同。习近平总书记内涵深邃的经典之作《摆脱贫困》就是他在宁德任地委书记期间写的，其中许多素材来自寿宁。寿宁的嬗变，全是改革开放的硕果。

在返回的路上，我陷入无尽的遐想，几天来，耳闻目睹故乡的变化，令人百感交集，感慨万千！

昔日的故乡，行路之难不亚于蜀道，"车岭车到天，九岭爬九年"，"寿宁三件宝，地瓜当粮草，火笼当棉袄，蜡烛横着倒"。到了20世纪70年代末，老革命家曾志同志抵宁考察，还发现大安乡炭山村仍有夫妻二人同穿一条裤子的贫困之家，闻之，令人心寒！

新寿宁

如今的故乡，不管你到哪里，餐桌上，再也见不到地瓜米饭，寒冬腊月再也没人靠火笼取暖，村村都通电，再也不用燃篾片照明。过往已成历史的记忆，岁月的留痕！今昔之比，令人恍然如隔世！

近乡情更怯，心安即吾乡！

回望我生

　　岁月荏苒，流年似水，弹指间，我这"30 后"人，一晃眼成了耄耋老者。回望流年，往事如烟，点点滴滴，历历在目，唤起了我种种记忆，荡起了心中阵阵涟漪。逝去的岁月，几多风雨，几多晨昏，此情此景，刻骨铭心，忆之，令人百感交集，思绪万千。

　　我于 1937 年 12 月出生在穷乡僻壤的福建寿宁县大安村。

　　我家世代贫苦，曾祖父、祖父、父亲都是一字不识的农民。我家历来地无半亩，全靠租种地主的田地维持生计，生活的窘困可想而知。我出生时，家中已有两个姐姐，两个哥哥，我排老五，所以，我的到来实属可有可无，只因是男孩，若是女孩，就当扔进马桶了事。听母亲说，她一生共怀十二胎，我身后，还生过七胎，养起两个，一女一男，所以我有一个妹妹，一个弟弟，兄弟姐妹七人。至于其他五胎均无存活者。

　　由于生活的困顿，加上已养育四个孩子的母亲身体虚弱，我才先天不足，营养不良，自小瘦小羸弱，皮肤黝黑，也注定了我一生其貌不扬。听母亲讲，我呱呱坠地之后三个月未睁开眼睛，父母都认为这个孩子很难养活，也就未给取名。至于为什么睁不开眼，是不能，是不敢，还是不愿，这就无人知晓，苍天恩赐，三个月后我的眼慢慢睁开了。

　　有一天，算命先生到我家，母亲留他吃顿饭，之后请先生给我算个命。先生抠抠指头说："孩子生辰八字很好，15 岁后有连年好运，不过最好取个女孩名字。"父母说："孩子尚未取名，先生帮忙取个名吧！"按族谱我属于"瑞"字辈，先生才给我取了这个女生的名字，寓意带来瑞气且芬芳。母亲说我的名字是命中注定的,胆小的我,抑或是信命,终生不敢改名,但更重要的原因是一介草民,平庸之辈,当然没字,没号,只留一个赖于活命的名字,这个名字成了我终生的符号。

待至虚龄十岁那年,父母送我进了私塾学堂,"人之初,性本善"就是我人生上的第一堂课。读了两年半的私塾,经历三位老师,1949年学堂停办,我就辍学了,即成了看牛娃。

一头公牛,一头母牛,两头小牛,我终日与它们为伍,清晨结伴而出,落日相依而归,蓝天白云,青山绿水,天地人间,生活虽艰辛,心情却畅然。三年多的牧牛生活,给了我人生一段难得的经历,给我留下终生的印记,那就是我身上的两道伤疤,它成了我毕生的记忆,也成了我一生永远挥之不去的噩梦阴影。记得那是 1950 年秋,天高气爽,云淡风轻,我爬到一棵几丈高的松树上砍枝桠,左手抱着树,右手挥着刀,不留神,一刀劈到左手,中指的拳骨连皮带骨被锋利的刀削去一块,即喷鲜血。我号啕大哭,用右手掌紧紧压着左拳哭到家,整整伤痛了两个多月,从此我的左拳骨就伤缺了一块,这算是苍天赐给我的纪念物。更为难忘的是 1951 年春天,我赶着牛到大约七八里外的深山,看见山湾里的小竹林,雨后冒出花花绿绿的竹笋,挺拔苗壮,耀眼夺目,吸引了我。赤脚的我深一脚浅一脚地沿山采笋,霎时,突然感到左脚盘被蜇了一口,锥心之痛,朝地面一看,一条斑驳五彩的五步蛇昂起犁头般的头发出咻咻的声音,知道自己被蛇咬了。此时的我真是呼天不应,喊地不灵,只能泪如涌泉,拐着脚走完七八里的路程,一路哭到家,到家时已泣不成声。幸好,那天父亲在家,父母见状束手无策,父亲即赶到临村请来一位蛇医捣药给我敷上,可是药不见效,我的脚不仅肿得像小水桶一样,而且起了血泡,冒出血水,我整夜未合一眼,疼痛呻吟,奄奄一息。听说城里有位治蛇伤的名医,可是社会不安定,县城戒严,父亲不顾一切赶进城内,请来这位医生,看后,立即给药,内服外敷,药物有效,三天之后,肿慢慢退了。几天之后被蛇咬伤处发生了严重溃烂,为了能治好我的脚,无奈的父亲,叫我跪在医生面前,认他为义父。尔后我到了这位义父家住了20多天,每天三次用草药清洗上敷,半年之后,我的脚总算治愈,也给我留下了终生不灭的疤痕。

我的童年,两个字:苦难。

冬天过去了,春天来临了,至于我,真可谓天遂人愿,时来运转。1952年秋,我做梦都想不到,一个看牛娃在一夜之间竟然成了一名中学生。这是我一生最难忘的一年,最值得铭记的一件事,可以说,它成了我人生最大的转折点。为此我写了一则《求学记》的短文,以志不忘。

1952年至1962年,我读了初中,高中,上了大学,真乃十载寒窗!学习上,明知自己并无天赋,起点低,只能加倍努力;生活上,备受关怀,十年免费入学,享受甲等助学金;政治思想上,初二就入了中国共产主义青年团,高中三年连任班级团支部书记及校团总支委员。

但人生路上,不可能一路坦途,一帆风顺。

1959年,我上大学的第二年,就出了件事。我们村里历来存在姓氏族派之间的强弱争斗,至今仍是如此。那时族派争斗波及我家,原因是我上了大学,成了村里有史以来第一个大学生。一些狭隘短视的人,扬言我的大学不能读,必须退学,回村穿草鞋、挑尿桶。故此,他们杜撰事实,说我父亲曾参加民团,历史有问题,被抓到村里批斗,无辜的父亲因我而落此难。他们还以村党支部的名义写信到学校要将我勒令退学，回村劳动。系里领导看了材料后，坚持了原则，未予置理，不过我的班团支部组织委员被免了，尔后又叫我任班级生活委员。村支部的信还是被放进了我的档案，直到20世纪70年代初，我要求加入党组织，还有人为此而提出疑义。

至于生活的窘迫则一言难尽，那时家庭根本没有任何经济条件可提供我就学。两个姐姐早已出嫁，两个哥哥相继成家，他们自顾不暇，体弱多病的父亲还有两个小孩要抚养，而且全是穷亲戚，没有一家可以接济我。我记得十年间，只有我读高一时，在寿宁县城遇到任小学教师的叶冠文表兄给过我三元钱；读大二时过年到了大姐家，姐夫在自己经济十分拮据的情况下给了我四元钱。高中、大学期间，因无返家路费，我只好滞留学校，记得在霞浦一中时，暑假到养路段帮助抄抄写写，赚了八元钱；在师大的暑假里帮助图书馆整理图书赚过六元钱。有一年，已在省林业厅勘察设计院工作的缪步植、金赞芳、龚明生三位初中同学解囊相助，让我回家过个年。而衣衫褴褛，更是自然，记得读高一那年，父亲因我到外地读高中了，想尽办法给我做件棉衣。高中三年，大学四年全靠这件棉衣御寒过冬，衣服的领口、袖口、前襟，补了又补，宛如济公穿的百衲衣。大学同寝室的邓志欣同学见我如此落魄寒碜，出于恻隐，出于友善，特打开箱子，拿件衣服送给我，我至今未忘。

求学的十年，两个字：艰辛。

1962年大学毕业了，我没有条件分配到福州、厦门、漳州、泉州这样的大城市工作，只能到边陲山城，于是到了闽北的建阳一中。但我还是兴高采烈，心满意足，第一个月领到工资（月薪45元），立即赶到邮局给千里之外的父亲寄上25元。

学校给我分配跨年段的教学任务，高二一个班，初一一个班。初出茅庐的我不知社会大学更为难读。刚涉世的我，幼稚无知，单纯地想：只要自己努力学习，刻苦钻研，认真教学，只要受学生欢迎就行。还敢放言，靠纪律维持好课堂秩序的教师是没本事的教师，更不知还有什么人际关系。不久问题就来了，当时语文组除组长外，还有一位党员女老师，她是语文组的政治组长，管政治思想。一次她有事外出，她所任初二班的课叫我代，也许各人讲课风格有别，一些学生反映更喜欢我的课。她知道后心中感到不快，我无形中开罪于她，此事吃力不讨好，真有点冤。

1963 年初春，我带学生到建阳小湖公社不老松耕山队参观学习，突然接到家里电报，父亲病危。翌日，忧心如焚的我，日夜兼程奔赴回家，到家时，父亲已不能说话。我跪在父亲床前，千呼万唤，父亲就是不语，那时的我真是万箭攒心，五内俱崩，呼天抢地，痛不欲生！第二天 23 时，一语未言的父亲，一暝不视，走了！就这样生死离别！走时，只 63 岁，小弟弟才 13 岁。这样一个大字不识的贫苦农民，全靠个人含辛茹苦，将我们兄弟姐妹七人拉扯大，一生如牛负重，终于积劳成疾，最后竟至贫病交迫，身心交瘁，溘然离世，这怎能不令人长歌当哭，椎心泣血？父亲一生除了劳苦之外，没享过一天的福。尔后的时日，我一直无法从父亲逝去的阴影中走出来，没有人可分担我心中的隐痛，我无法抑制住自己悲痛的感情，悲怆的我，因感怀，写上几句不伦不类的诗句，并把它抄写在一把纸扇上，以示见扇思亲。

这年暑假我因身无分文，无法再回家，只好留在学校。此时，学校怀疑姓杨的事务长经济有问题，查他管理的账。学校见我一个人在校闲暇无事，抓了我的差，叫我参与协查，这下惹祸了！有天傍晚，我拿着扇子在散步,杨事务长热情洋溢地请我坐,并递上一块西瓜招待我。他见我扇上题诗,就借故与我攀谈,我扇上书写的是我写的《卜算子·咏梅》的词。另一首则是抄录苏轼的《江城子·乙卯正月二十日夜记梦》词,这首词,通过梦境的记述,表达对亡妻的真挚感情。我自叹不才,无法写出如苏轼一样有意境的诗句表达对亡父的情感,只能抄录,以寄情怀。

怎么也想不到,姓杨的竟然为立功脱罪,向姓董的总务主任告密,说亲眼所见我在扇子上题反动诗词。这还了得,学校接到密报后,趁我上课时,令人到我寝室,拿走了扇子,组织人员审阅扇上诗词。我却蒙在鼓里,浑然不觉,学校审查之后,只见感怀悲痛之语,未见什么"反动"之处,也就不了了之。事后我才得知此事,人心的不古,险恶的用心,真叫人不寒而栗。

1963年秋,我鉴于学生课外阅读有所感,就写了一则《必须占领课外阅读思想阵地》的短文给省教学通讯中学版,不久就刊登了。1964年秋有感于作文教学,就写了篇《浅谈作文教学的命题》,文章寄出后,杳无音讯。

1965年2月临开学,校长突然找我谈话,说我工作调整,调我到南平农校任教。我毫无准备,也无言可说,我亦知,这里不是我该留的地方。故此,我坦然离开,静悄悄地走了。可是,人生经常就有意想不到的事,我离开建阳一中之后,省教学通讯将我写的文章给登了,还是署建阳一中的名,将题目改成《揭开作文教学阶级斗争的盖子》。此文一登,建阳一中语文组可炸开了,他们怒不可遏,认为我人离开了一中,却写文章毁谤一中的语文教学,一是给校长报告,二是给编辑部写信,控告我故意捏造事实,诋毁一中。编辑部给我寄上这期刊物并附上一信,我即回了一信,他们知道这是半年前寄给他们的,题目是他们改的,此事也就不置可否!之后,一中校长特找农校校长说了此事。校政治处罗主任把我叫到校长办公室查问此事,此时的我,真流泪了,我即跑到寝室将文章拿给他们看,幸好,他们看完,并未斥责我,且态度和蔼,语气平和,只嘱往后注意。之后的我,也就老老实实,不敢再提笔造次了。

晚岁之境

1970年3月1日,地委组织部抽调六人到崇安县工作,我是其中之一。因我是党外知识分子,于是到县宣教组。之后,多种缘由,我不断被抽派下乡,在旁人看来我被疏远,其实也算好事,一是可远离一些是非,二是深入基层,接触群众,了解民情,加深学习,提升自己。

1970年7月,我同宣教组长陆霄峰同志先到岚谷公社的古岩后,又调到兴田公社黄土大队帮助整建党工作四个多月。

1971 年 7 月,我跟随县委秘书组组长郑挺生同志到岚谷公社樟村大队搞"整建党"半年。

1973 年 3 月,我终于由林初寿、金能天两位同志介绍,加入中国共产党,那时没有预备期,即为正式党员。

1974 年,由县委办公室主任宫浩同志带队,我们到武夷公社角亭大队开展"农业学大寨"整一年。

这里特别要言及一点,宫浩同志是我人生中的知己。如鲁迅所言:"人生得一知己足矣,斯世当以同怀视之。"宫浩同志原为省委党校马列主义教研室主任,1971 年到当时的崇安县宣教组任组长,我是组里的一个干事,是他知我、信我、关心我、厚待我。我原想回老家,他极力挽留我,说:"瑞芳,你不能走,我们俩人就是一人,两家就是一家。"如此,我能走吗? 人的一生,能遇到如此知你的人,你岂能忘却他? 忘,那就不为人!

1975 年冬令,我带队 10 多人到武夷公社樟树大队抓点,365 天每天在田埂上跑,跑出了点动静。那年天气不好,多数地方歉收,而樟树大队却获得大丰收,为此,县委在那里开了全县现场会。

1977 年樟树大队这个点,则由教育局局长叶振斌同志带队继续抓,教育局工作就由我主持。

从 20 世纪 70 年代中期至 90 年代初,我一直主持教育局工作。县、市委书记已换了七任,我还在一个岗位上蹲着,我成了南平地区十县(市)连任时间最长的局长,至今未有人超越。

我的不长进,乃因我先天短板,混沌蒙昧,不谙世故。立身处世,只凭个人秉性,单纯的信仰,单轨道的思维,只知埋头拉车,不知抬头看路。不入圈,不结派,不趋炎附势,不会看风使舵,有时还唯命而不从，认为自己是读书之人，应具陈寅恪先生所秉承的"独立之人格"。这种矢志不渝、狷介不阿的秉性怎能合时宜？故此，我便成了像过去砖瓦厂里就地沿圈打转、踏步踩泥的牛，尽管恪尽职守、尽职尽责，也只能永远原地踏步。结局是碌碌一生，无为而终。这一切，均与世人无关，乃是我个人宿命，如钱穆先生所言："天命与人生是合一的。""百无一用是书生"，这句话在我身上得到详尽的诠释。

回望我的一生，一言以蔽之，两字——"幸运"。

让我幸运的是，我这个农村寒门子弟，有幸长在红旗下，这棵小草，沐浴了充沛的阳光雨露，终于茁壮成长，而融入了广袤的原野，显现了小草的生机，这个原本卑微渺小的生命留下了属于自己的生命轨迹；让我幸运的是一生的磨难、坎坷、挫折，成了我最宝贵的精神财富，使我在人生的路上，不论遇到什么崎岖、泥泞，都能砥砺前行；让我更幸运的是，老天假年，让我赶上祖国繁荣昌盛的黄金时代，过了个"夕阳无限好，何须叹黄昏"的舒心晚年！

人生如海，万象茫茫。

一介书生，一生如是。

徐荣/摄

连德仁诗二首

淘壶读壶颂
——读《淘壶读壶札记》①

青山红树映斜阳，金骏蓓茗胜酒香。

蟹眼常园宜沸水，龙团小碾悦晴窗。

前凭午后茶诗韵，当造社前谷雨芳。

解读品评真灼见，淘壶不愧好文章。

【注释】①《淘壶读壶札记》，金瑞芳著，原载于《武夷山》2011 年 2 月号。

铜墨盒吟
——读《两位将军题款的特制铜墨盒》①

文房墨盒独收藏，铜质精纯錾刻良。

两位将军留政绩，一方瑰宝证沧桑。

联俄联共农工助，兴国兴民政策扬。

研史著文赏古玩，引经据典丽人长。

【注释】①《两位将军题款的特制铜墨盒》，金瑞芳著，原载于《东方收藏》2012 年第 3 期。

后记

　　近年来,鄙人几篇拙文散落于各报刊之中,蒙读者厚爱,荡起些许涟漪! 我之亲朋至友反复劝导我,一定花点时间,将它们结集成册,以免散佚留下遗憾! 且,我已岁逾八秩,苍穹一瞬,人世百年。人世间最公允的就是生命的自然规律,世间每个生命终将有尽头,谁也别想超越! 我深知,上天已眷顾了我,我该知足了,知仁者寿,知己者明,知止者智,该知止了。故此,在亲友的催促下,我勉而为之,今日,终于成事。书的面世,全靠多方帮助。武夷学院原党委书记、中国武夷文化研究院院长吴邦才同志热忱地为本书写序;无缘识荆的书法家卢渊霖先生慨然题写书名;书中的图片为袁仁荣、徐荣、范传忠等同志拍摄;书稿的打印是黄艳同志业余辛劳而为;出书的全过程由连德仁同志一手玉成。

　　诸君助我了却盘桓心间已久的夙愿,此时此刻的我心意已了,心中粲然;感激之情溢满心头,在此唯有一语:谢谢!

2020 年 6 月